U0750259

阳光文库

慕白 —— 著

有诗为证

黄河出版传媒集团
阳光出版社

图书在版编目（CIP）数据

有诗为证 / 慕白著. -- 银川：阳光出版社, 2024.

7. -- (阳光文库). -- ISBN 978-7-5525-7387-9

Ⅰ. I227

中国国家版本馆CIP数据核字第2024LP3644号

阳光文库　有诗为证　　　　　　　　　　　　　　慕白　著

责任编辑　申　佳
封面设计　晨　皓
责任印制　岳建宁

黄河出版传媒集团　阳光出版社　出版发行

出 版 人　薛文斌
地　　址　宁夏银川市北京东路139号出版大厦 （750001）
网　　址　http://www.ygchbs.com
网上书店　http://shop129132959.taobao.com
电子信箱　yangguangchubanshe@163.com
邮购电话　0951-5047283
经　　销　全国新华书店
印刷装订　宁夏凤鸣彩印广告有限公司
印刷委托书号 　（宁）0030175

开　　本　880 mm×1230 mm　1/32
印　　张　9
字　　数　180千字
版　　次　2024年7月第1版
印　　次　2024年7月第1次印刷
书　　号　ISBN 978-7-5525-7387-9
定　　价　58.00元

说在前面

闻声识人，关键词是爱。

诗，分行文字，慎言也。

发自肺腑，才是真言。诗缘情发声，不做文字游戏。

诗就像恋人，可遇不可求。

诗人不要伪善，真心比什么都重要。

诗人要有一点悲天悯人的情怀。

你的阅读范围，就是你的审美。

伟大的文学作品都有预言性，好的诗歌也一样。

诗准入很方便，诗而思，思而诗，无论是谁，很难做到写好每一句。

交流，开放。两只脚走路，古典诗歌和外国诗歌，都靠近又不走得太近。

有话则长，无话则短；水无常形，诗无常式。

诗必须有言外之意，言此及彼。

诗歌的现代性是排他的。

虚实之间相互依存，多训练，希望会达到自由。

诗歌是不守规矩的，诗歌在路上，是未完成的。

叙事，诗歌以小见大。

诗人也逃不脱历史的轮回。

我们没有任何退路可选择。我们会抛弃自己，还会抛弃家人。

想要表达出来多么难。

诗人尽量少玩概念。

诗人洞悉黑暗，但要心存光明。

贴近内心，贴近生活，贴近自然。

诗歌不只表现乡村，也要学会进城。月亮、星星、花鸟鱼虫之外，还有机器、高铁、办公室的争斗。

情感和语言，努力做到陌生化，但不要空洞。心，要让人摸得着。

节奏，个性，都要服从于审美。

平和也是难的。

诗歌是发现的，诗人要做梦。

写什么是认知问题，怎样写是技艺水平。

家常菜最养胃。

学习客观，生活和诗歌是相通的。

当代诗歌的传播和教育有限且严重滞后。

诗歌是小众的东西。

诗歌是形象的代名词。

"谁道闲情抛掷久。"诗歌要做到纸短情长。

写作就是不断地否定自己。

诗歌容得下大海、高山，容不下泪水。

诗不会与时俱进，没有什么是绝对的先锋，但有好坏之分，没有新旧之别。

把不同的词与自然物象放在一起，让语言增加张力。

诗歌最忌假大空。脚在阴沟，仰望星空，要接地气、有人气，才可能成大器。

世间人都逃不脱生与死，诗歌应该有悲悯和人文关怀。

诗不是有求必应，而是妙手偶得之，所以诗不可教，只可悟。

橘、柿子、枣子、香火、苹果、秋风秋雨、明月、星光、太阳入诗容易，计算机、5G、CPU、Wi-Fi、扫把、猪头肉入诗难。

理论千言万语，不如一战。

细节，细节，细节。

清代宋曹《书法约言》曰："又初作字，不必多费褚墨。

取古拓善本细玩而熟视之，既复，背帖而索之。学而思，思而学，心中若有成局，然后举笔而追之……"

学诗亦然。

袁枚在《随园诗话》中说："凡作诗，写景易，言情难。何也？景从外来，目之所触，留心便得；情从心出，非有一种芬芳悱恻之怀，便不能哀感顽艳。然亦各人性之所近：杜甫长于言情，太白不能也；永叔长于言情，子瞻不能也；王介甫、曾子固偶作小歌词，读者笑倒，亦天性少情之故。"五十知命，我以为自己活明白了。其实一直不知身在何处，找不到自我，但自己的孩子自己爱。

诗就是诗，可以误读，作者写什么、想什么，都是他自己的事。读者读到什么就是什么，是两相情愿的事，就像恋爱，谁也不能勉强。诗美与传达，喜欢也好，不喜欢也没有关系。没有必要逐字逐句地去分析、去评说，千万别扩大或者缩小原诗的外延，更不能强加个人的主观因素。因为每个人的生命经历都不一样，自然有不同的感受。当然，我在这里无意冒犯评论家，这只是我一个人的阅读经验。

好酒无论装在什么瓶子里都是好酒。五言、七律，长短句，诗歌的形式只是其次。

诗之美，在于内，而不只是齐整与韵律。

耕田读书事桑麻，栽瓜种豆看天下。知我者谓我心忧，不知我者谓我何求。

写诗只是一种技术活。

大海是无法完全认识的，重要的是认识自己。

写作不献媚，不为谁妥协。

崇尚自然，不对抗生死，自然而然，没有时间空间限度。

诗人不要太迷恋机器，我始终相信人类。

世界很简单，人心很复杂。记忆是有选择性的，君可不君，臣可不臣。汉语自有其美，且美无止境，但是诗人多薄命，就中沦落不过君。

曾经读到一个偈语，大体是说世界很奇妙，凡事都是一半一半。

人生，其实也是一半一半。男人一半，女人一半；好人一半，坏人一半；白天一半，夜晚一半；天一半，地一半；善一半，恶一半；一半红尘，一半净土。

一半前世，一半来生。人这一生，总是一半向前追，一半往后望。

诗也一样，好诗一半，庸诗一半。天下三分，谁也无法一统诗山。诸葛孔明说自己本是卧龙岗散淡之人，但六出祁山，鞠躬尽瘁，死而后已。

若问今古心何在，尽在晨昏变化中。

做人关键要自己心态平衡。作文写诗也一样，讲究叙事，抒情平衡。人生是无法解释的，悟道一半就是幸福。

向词语学习，直接说出来，坚持一种独立写作，就是要让自己安得住心、守得住真。就是要让写作与内心之间的关系，是直接的，不绕弯子，不被任何外在的东西干扰。

口语是平民化、大众化，但也是最高难度的。

于坚说，我更喜欢的是以气驭诗，自然、准确、简单、直接，不涂脂抹粉，不拐弯抹角，一剑封喉。"日出而作，日入而息，凿井而饮，耕田而食。帝力于我何有哉"，多美。总的来讲，不端架子，不装样子，不用小巧，这是我一直提醒自己的写作原则。

诗人在时间和空间旅行。

万物都会衰老，会消失。诗要选择现实，要表达真实。有时代，也有我们自己。诗是灵魂最后的栖息地。某一天，我们肉身不在了，但诗歌还会替我活下去。深以为然。

我有爱，没有恨。为敌的人只有自己。

有诗为证，春去花还在，诗中的人与事永存。

"灯光不用任何修辞就可以照亮世界。"写诗要坦诚。我人丑，丑人不怕献丑，丑话就讲这么多吧。

我永远是一个文成的土著。

2024 年 3 月 26 日

目 录
CONTENTS

1

在春天，你是必不可少的

在春天，你是必不可少的
红豆杉是必不可少的
青冈栎也是必不可少的
但我不知道你是谁
不知你什么时候能够回来
比起我对你认识的匮乏
这些都显得微不足道
我知道你在，任何时候都在
有时是一缕花香
有时变成一阵风藏匿于一棵草里
我甚至感受到了你的呼吸
听到了你的心跳
你为什么就不肯出来见我呢
时光那么短暂
快出来见见我吧

哪怕你是不远处的那一段斜坡

我也要跑上去拥紧你

清晨的雾像天空的一道伤口

你的名字比影子更为寂静

每个人，神都垂爱

鞋子是用来走路的
这是它们的用处

水晶鞋
童话里的人才穿
诗人啊，别问落日的
墓地在哪儿

人是上帝的生死之交
天气不好的时候，神也爱人

即使大地没有墓碑
天堂也有位置

写给远方的雪（组诗）

写给远方的

雪睡着了
雪的下面还睡着雪
雪太美妙了

在南方，有欢乐和痛苦醒着
雪是被禁止的自由

雪下到了另一个国度
有人把爱举上天，深夜未眠
那一夜，雪在寻找自己的声音

我们彼此远离
我伸出手，天下着雨

雪和我一样害怕融化

甚至为一张陌生的白纸

难过，在沉默中流泪

我和雪一样都没有学会离别

咏雪

我生在南方

极少见到下雪

多年成习惯

我已不再期盼

风在雨在太阳在

雪去哪儿了呢

某年，某月，某日

某山，某水，某某人

雪泥鸿爪

北方也有奔波之苦

雪落长安

雪是孤单的

雪无论下在哪儿都会消失
除非落在人心里

人心才是最好的坟墓
今夜，雪落在白鹿原

天很冷
人心很暖
要下雪的时候
就让它下吧

失败和成功无关
雪不是人
没有想那么多
雪落长安
我看这很好
真的，就让它下吧

今夜，雪下在长安
有没有人知道，真没有关系
只要你相信，这不是梦啊

雪，在人群中飞

我画了一只天鹅
在人群中
太阳马上变成一座山

黑黑的
真想有人看我一眼

我的身体飘在我的灵魂中
我卑微的灵魂一再出窍
可我的手总握不住你
一切都一样，除此之外
雪，像是一个传说

雪中

她追梦
天地苍茫
四周无人，一片空寂

飞雪中
我独自一人

没有目的
走在白鹿原上

树渐渐白了头
乌鸦还很绅士
坚持用古老的语言

因为热爱
获得简单而持久的快乐

我在高原（组诗）

放生记

鱼鸟天堂
沙柳河在刚察县
藏区的天很蓝，云很白
我刚刚结识的藏族兄弟三宝
带我去放生

湟鱼只能在高原生活
就像我只能在低处

把鱼儿放回河里，回归自然
三宝说，放生不是为了福报
人活着不只是今生，还有来世
三宝兄弟的笑容很灿烂
露出一排洁白的牙齿

风吹动了经幡

扎西才让、多吉才让、三宝
我的三位藏族兄弟
你们比牦牛，比格桑花，比青稞酒
都温柔，都淳朴

草原上有狼，没有坏人，他们不吃鱼

今夜，德令哈下雨

夕阳突然走投无路，德令哈
乌云笼罩的戈壁，看不见一颗星星
一个没有方向的高原之夜
谁还在守护寂寞，荒漠如洗
游人如织的柴达木，此时已无一人
昆仑在左，祁连在右
一个人孑然独立于暮色降临的高原
有人在黑夜里弹起长调

巴音河

一抹夕阳，这金色的光芒

洒在河面上

我在桥上远眺雪山
双手合十，余光落在我身上

刚察哈尔盖

我要反复赞美
这高原上的小镇

青铜时代马背上的民族
油菜花，苍鹭，鹅卵石
会唱歌的星星、向日葵、河流
白色帐篷
雕刻的牧场，干干净净
单独出现的藏族少女
风中飞舞的萤火虫

成群结队的牛羊
偶尔路过的骑行者

温和之光，黄昏的夕阳
多么接近可以称之为的天堂

那寂静消失的帝国

格尔木之歌

前面才到青藏高原
回去就是日常生活

我没有继续往前走
我是一个软弱的可怜人
巍巍昆仑山
我放弃了低处，却不敢在高原上喝醉
我不敢向神靠近
我的身体登上了高原
我的灵魂却和这个世界格格不入

在海拔四千米的格尔木
我突然看到了自己的矮小

寂静

落日盛大
余晖洒向山坡上吃草的羊群

315 国道上，多吉的摩托车
突突突地驶向远方
后座上带着两个孩子、一个女人

帐篷里冒出炊烟
空气中开始有牛粪和酥油茶的味道

旱獭样子萌萌的
在夕阳中向养蜂人打躬作揖

风从山岗上下来
马兰花突然全部站了起来

在甘南

晨曦微露，经幡静默，三只乌鸦在散步
我爬上东山坡，看逆光中，藏香猪跑向草地

甘南的 7 月，格桑花盛开，喇嘛在诵经
扎西和卓玛，走进米拉日巴佛阁，磕头转佛塔

东溪怀姜廷宪

先生说
"书由心生
心正则字正"
诚哉斯言

先生少年成名
七岁入翰林
资质秀颖
才识通敏
善书之名远播海外
以墨笔楷书：
"奉天承运，皇帝诏曰"
一笔一画
在大幅黄纸上平步青云
成一代书宗

俗人六必居

柴米油盐酱醋

开门七件事

缺茶多么无趣

先生啊

内阁制敕房

为皇帝制圣旨

布告中外，咸使闻知

然书不能为天下立心

为生民立命

为往圣继绝学

为万世开太平

就如我今天写下

自以为是的分行文字

这颂词描摹得再好

只是一辈子誊黄

终究未能自成一家

12 月 23 日

冬至已经过去
长安飘起雪花

外婆家的饭菜
江南特色兼具西北风味

唐安酒店的某个房间
还留着冬日的温暖
汽车以一百二十公里的时速
我还嫌慢
我不知道多快的速度
才能抵达昨日
这一天
我不舍昼夜，都在路上

楼塔夜饮
——兼致占祥

乡村，溪谷，田园
楼塔乃浙江东西咽喉
历来为兵家必争之地
争来争去，此地还在萧山

杭州城外，世事无常
古镇已无古人
天上的半个月亮告诉我
后天就是白露
紧跟着秋分，一年还剩
三分之一，兄弟
两个外乡人，你我有缘
在楼塔喝酒，学古人
用酒撞身取暖，多喝点吧
把体内的凉意驱散

前几年，我江南塞北
一路高歌，不瞒您说
我也与很多人一样
想成仙，想随嫦娥奔月
如今百药山不宜筑室而隐
我成了一个无根的人

草木之心，以爱为戒
写诗只为修行和自证
不再自欺欺人，此身已近天命
来时春风，去时秋风
纵有登云天梯
我已无意再攀月
现在我很清醒
酒会醉人，三杯两盏中
这尘世根本没有桃源

写诗难为稻粱谋
明天我回文成，你去吴忠
一南一北，相隔三千里
道旁树开始落叶
一叶知秋，一场秋雨一场凉
每个人都只有一次青春

时间并不是万能的
楼塔溪长流，流走的是不舍
和我们一样都是过客
谁也逃不脱
秋风的安排

想起你，就想起世间的一切美好

黑夜欺心，纸上种树

人类已经孤独太久

很多事真假难辨

我害怕有一天会不惜出卖灵魂

甚至他人的炊烟

甚至天上的明月

甚至人间的清风

草丛中的虫鸣总是弱小

这些天真的唧唧让我想起远方

想起你，就想起世间的一切美好

我的眼睛就会退到欢乐

退到夏日清晨的微风

退到简单

退到掩隐在半山上的小庙

退到儿时

退到没有机器的时候

退回到没有一丁点坏脾气

退回到微笑

退回到只有你一个人

才心满意足

与崔完生书

我住在文成
山里人
只知山中事

也曾想天下事
爱天下人
但后来都成了浮云

半生已过
不再心怀万古愁
小小的县城
足够寄身

靠山的某一间房
我摆一书案
你如果来
也可改成茶几或酒桌

若与你知心
同行，可多携一人

前日交代门前飞云江
有一事最重要
文成不是世外桃源
脱离不了红尘

山里人不是古人
我刚梦到半个自己
睡着的时候
千万别叫醒我

我住在文成（组诗）

南溪

手挽手，唱着歌
缓缓地流动
清澈，碧绿，透明

灵魂的从容
这些大山的孩子
自在、宁静、富足得悠闲

我相信
他们没有痛苦

安福寺

一生多次进入
寺院

每一次，都没有遇见
佛和菩萨

我没问庙里和尚是否见过
他们在诵经

世上的庙那么多
佛陀都很忙

观瀑

水要站起来
就不怕悬崖

人要立起来
得靠孤独
仰俯自如
感谢脊梁

飞吧
前面依然平淡
我已到中年

热爱大自然

在低处

跋涉

匍匐着活

汇集命运之水

在寂寞的日子里

风吹人世

圆月弯刀

直到下一个悬崖

和再一次虚空

水之祭奠

一漈的水

卓尔不群

是激情

飞流直下

是年轻的风景

到了二漈

水流冲淡

中年的瀑布
稳健中还有决绝

经过三滦
百转千回
接纳群山延绵
百丈之水
已卑微舒缓
宽恕万物

文成

在这里
我的父亲死了
我的奶奶也死了
我的母亲风烛残年
我的儿子刚上高一
我的薪水涨了不多
我的股票亏损不少
我的清晨去市场买菜
我的黄昏在院子里散步
我的后山有人念佛
我的前门有人出殡

我的夏天又刮台风

我的冬天总不下雪

我的朋友晓炜叫吃酒

我的同学小雯请唱歌

我的邻居去年住院化疗

我的茶园今春遇上寒潮

我的人民币被冻死许多

我的鸡毛掸子老是掉毛

我的桃花已开放三两枝

我的流水才过一二里

我的眼睛还活着，风筝飞上了天

我的双脚长出了根，我的炊烟温柔

我的老家在落日余晖下，我的夜晚很长

我叫落叶为故乡，我的床总是很乱

我的窗外尘土飞扬、露水亲切

我的群山子虚乌有，我的情人远在天涯

我的挽歌平铺直叙、落入俗套

我的词语不会拐弯前行

我的文成一马平川，我的俗世生活

我的结尾急急如律令，只留一个字：

好

文成好

读《招摇山》

南方第一山，名鹊山
鹊山多喜鹊，我的肉眼看不见
上古神兽，鹊山之巅招摇山
在西海，岸边多木樨树
山中长玉石，长一种草
像韭菜，发青光，名叫祝余
吃了不会感到饥饿
山上有一种乔木，形似构树
黑纹理，光华照四方
开的花叫迷榖，如爱情
为心指方向，山上有一种兽
非羊非兔，双耳是白色的
有时匍匐前行，又像人一样行走
它的名字叫狌狌，健走如飞
日行万里，丽麂水之源
水中多产育沛。《山海经》非经
招摇过闹市，东水西流也到海

慕白读山不见山，读水不见水

黄金屋，颜如玉，千钟粟

西海在南方，狌狌就是那个猩猩

稻、黍、稷、麦、菽

心有良田沃土，不生蛊惑之粮

谒西陵刘基墓

一代国师
生似棋，死如谜
坟茔无砖石封土
无附着物，无字，无碑
文成夏山西陵墓

五百年名世，三不朽伟人
京都已无你的一席之地
先生啊，你泉下可知
今夫佩虎符、坐皋比者
峨大冠、拖长绅者
大多有别墅，住豪宅
只有你，甘守清贫
一代人豪之墓
数百年未做修葺
唯茫茫青山
与风中荒草做伴

衣能蔽体，食能果腹

足矣

人不能靠造坟墓

竖牌坊，流芳后世

立其言，践于行

诚如先生

恪守人生的经纬

我也要告诫自己和子孙

墓者，上草下土

承阳光，受雨露

若以石铺，如何生草

瓜州夜泊

我是一个瓜州渡外的过客
黑夜里的扬州
小巷紧闭着

路的身上长满风尘
琼花，这天下无双的千年美人
沉睡在二十四桥的维扬人家
汴水边亮着几颗星光
那都是别人的灯火

多年来我一直无法接受
在瓜州渡外
我觉得自己应该在扬州

桂山行

群山起伏

这荒无人烟的山谷

足音清脆

暮春的阳光

跟紧人的影子

大多的花已经谢了

草木寂静

天蓝得真不像话

没有一朵白云

松鼠的脚步

惊停了林中的鸟鸣

柳杉活过了 418 岁

垂垂老矣

山泉是天生的歌唱家

不知疲倦地

弹奏着高山流水

风就是个调皮的孩子

吹着口哨

竹笋破土而出

风好无赖

摸了摸野杜鹃花的脸

偷走她们的芬芳

从水口跑向了远方

吃粽子才想起屈原

江里长不成人
不管是前朝和后世
谁都不会承认自己昏君
你提倡美政，朝饮木兰之坠露
夕餐秋菊之落英
你的身边，香草变成美人
但治不了一个王朝的病根
水里的鱼是无根的，王的左右
不是庸人就是佞臣，路漫漫
其修远兮，就算你问破天
长太息以掩涕兮，哀民生之多艰
落水生根是一个梦，美人迟暮
伍子胥、介子推，都走不到今天
只有吃粽子，我才有那么一小会儿
想起你这个三闾大夫的小官
但我的怀想很少超过一天
就那么一小会儿

五月初五，我和大多数人一样
知道你心里屈，名字叫平也没用
无论如何忠贞也报效不了国
只能抱着石头沉江而死
哦，屈平先生，可能还没人告诉你
两千年后，现在的端午节
全国人民都放假
都有粽子吃
我爱吃肉粽子，但不喜欢甜枣馅
我当不了官，也不谗言佞语
知道有些人的心永远是苦的
我感谢猪们，把自己裹进米粒
满足了我的口腹之欲
今天我还有点小小的忧伤
我住在十九楼的商品房
和邻居们基本上老死不相往来
我的孩子虽然上了大学
但只知虚拟世界，不识人间蛇虫
他已经不知道间字的原意
更不懂艾叶和菖蒲
为什么挂在门口

2022 年 1 月 1 日

树上的叶子掉光了

神啊，村子老了

但每一个孩子都要活好

各得其所，今天是一年中特别的日子

我祈祷，离开过去

离开狭隘的牵绊

从此更爱村里的牛羊

路边的小草

北风中的荻花

和夕阳，无论多困难

我和你

我们全身心

爱着

并且忠贞不渝

永远相信你，相信美好

就像相信没有人能够阻止

明天的日出

杯中惊鸿（组诗）

茅台镇的鸟儿也爱喝酒

酿酒工人端午放假了
我看见几只小鸟
在车间值班
它们一看到我
就惊飞了，醉舞长空
来无影去无踪
它们无名无姓
匆匆忙忙如流水

内心的惊鸿

活着，再热的天
也要飞，善恶一步之隔
我虽无百年的人生
却有万世的忧愁

还有少一杯的孤单

我有一个梦

从温州飞到遵义
我和候鸟一样
南辕北辙
离自己越来越远

如鸟儿在俗世
东奔西跑
生与死之间
迷途的人
我有一个梦
希望活着有一个人
陪我百年
每天千杯不醉

夜宿茅台镇

酒乡里的灯火
有人把寂寞穿在身上

高铁时代
依然会交通堵塞
只有身体不会欺骗自己
千山飞绝
别处的意义
脚踏实地心才安

神交者

我只知顺天时
应物候，敬先贤，忠家国
我不居庙堂
钟爱山林
自始至终，心中无猎枪
不害怕暗矢难防
逢酒必醉
对某些看不见的偶像
比如竹林七贤
顶礼膜拜
学他们漏洞百出的人生

香草，美人，梦
我把它们都放在一个竹篮里

提着四处乱走

长醉不醒

赤水之源

众鸟高飞，孤云独处

一个人就像一条河流

很难保持初心

不被污染

空中楼阁

我徘徊已久

穿州过府

拜天拜地拜人

拜山拜水，斗酒神仙

宽恕即慈悲

洗尘清心，唯有酒能疗伤

赤水之源似家乡古井

酒与水，布善施恩

跟时间一起泽被苍生

人生难以复制

在异乡，我喝再多的琼浆玉液

也渡不过酒窖深处

八百里的赤水河

兽与神之间

蝎子有蜇人的本性
佛有慈悲

落日不在天涯
把世界分成黑与白，上帝是顽皮的
谁在意还有第三种结果

门和锁，是防野兽的
如今变成防人。书上告诉我
干净的人不登天子船，也不上长安眠
我生在小镇，不是大唐
这里不需要贩卖思想的人
人们关心的是今天——哈，哈，哈

活的意义是有爱
黑暗不会永久，俗世凡尘
做人要有尊严，温暖别人

爱在兽与神之间
每个人都有自己的位置
踏遍万水千山，人间还欠我一席之地

命运是不可逆的，垂钓于人世
一心向善，不会无路可走
谁还在坚持信念，为爱牺牲
从昨天走到今天，学古人钻木取火
人间喜剧，梦里又死了一次

老死花酒间，风终日徒劳奔波
像孤魂无家可归，余生还长
我是雪国人，空心的，但我有酒
我沉默，沉默，再沉默
以酒超度无根之躯

我爱有缺点的人生
无一席之地，我不羞耻
我已习以为常，苦难中也有惊喜
事实是我还活着，归宿即起点
眼里有光，灵魂就会有爱

春天，是神的天使

神永远在人间
不要担心
眼睛看不见
夜越黑
星星越亮

相信世间有神
有风有雨
有日出有月亮
有稻、黍、稷、麦、菽
有马、牛、羊、猪、狗、鸡
有水，有火，有雷电，有空气
一切都是最好的
神爱世人
神一年四季
把光和雨垂下来
迎接年迈和体弱的亲人

也迎接穷人和富人
到天国

夏秋冬也有神
春天，是神的天使
人类繁衍，神就是善
是拦不住的
神对生者和亡灵
一如既往地
爱

回家的路还很长

注定会和所有的人分手
我不再嘲笑那个刻舟求剑的人
谁的一生不是打水的竹篮
时光的风一天天吹在我身上
也没留下点什么
就像我每天早上起来
喝下一杯水，再吃早餐
其实是徒劳，谁都无法长生不老
如水中月，我的房子
盖在空中，盖在自己的梦里
下雨了会出太阳
天晴了又会打雷，会刮风
一个人就是一座庙宇
和尚念经，屠夫杀猪
各走各的路，各修各的浮屠
树绿着，太阳还在黑夜里
回家的路还很长

我可再搭一些积木

我和许多人一样，深爱这世间

不缺推着石子上山的勇气

我站得太远，不敢走近真相

总有一些东西比生命

更重要，比如正义、爱和善念

春山谷雨

数笔皴山
不用买来卖去
纸上寸步
还须继续跋涉
雨之梦
缺一个栖身之所

灵魂日渐迷失
时代啊
我只是一朵闲云
没有多的奢求
别梦流水
请在山野涧边
你们的黄金之外
允许我留有
清风三缕，明月二分

芳草无心
青山新叶
崖边的几枝旧桐
落花似雪

爱亦不得
迷途问路
小径如琴弦
同为溪水的远游
弹唱别离的春天

春雪偶题

春日长相思
抬头雪满山
在长白山，天际空蒙
我发现雪不是雪
她五颜六色，非花，非雾
纷纷扬扬，如蝴蝶

这场雪，是我心中的雪
她独一无二、薄如蝉翼
她从不为谁停留
一生都在迁徙
有无穷无尽的幻想
是水的命，随性赋形
有火的灵魂，降临于天空
（雪纵身一跃
一杯水，出生，沸腾）

心怀山水

雪是云的女儿

有尘世的无常和恒久

脸上带着风霜

终其一生，都在找寻自己

雪的心自由

这千古之雪，无是非

落在温暖的人间

多么美好的地方

天上月，地上雪，身边人

年少未染尘埃

白马银枪，雪花无主

打雪仗，堆雪人

在深深的人世

想怎么爱就怎么爱

爱怎么活就怎么活

鸟鸣空山，簌簌落下

月亮挂在树梢

雪空灵、缥缈，临虚而至

似林下美人来

春雪，是王维的山水

回眸一笑，雪是李白的酒

随风起舞，雪是杜牧的明月夜

雪落到地上

就是可采菊的东篱

是南山，在近处

雪夜读禁书，把酒问天

我写不出一句诗来

潮湿的芬芳，一颗孤独的心

雪像临江仙，倾国倾城

雪在远方，是乡愁

在湖中，雪是如梦令，水墨国画

雪在梅花树上，会飘香

梅寒雪白，两种风流

雪是有限的，美好的都难挽留

雪亦会老，雪长不成人

雪的一生都在流浪

在吉林省，在长白山

雪就是美和爱

在麦地，在村庄

雪是鸳鸯被，覆盖有情人

我的雪总是活在梦中

短暂，忧伤
我堆过那么多雪人
没有一个陪我到今天
我在梦里，与雪相见欢
梦醒雪视我，如陌路
这场雪，落在我的双鬓
雪却很少来我的江南

飘在半空中的故乡

我去过很多地方，走过很多村庄
我在水中捞月，我在火里取栗
我在外省饮鸩，我在他乡止渴
泪水沉默，父母双亡后，蝴蝶死去
亲人和我没有隔山隔水，但隔着阴阳

半山腰的风是鞭子，一直无法摆脱命运的左右
包山底，我的脚刚离开，我的胃和肠
就开始泛酸，番薯丝和梅干菜的味道
在我的血液中，在骨子里，你是善泳者
就像太阳和月亮，年年月月
日日夜夜，上升，下降，又上升……

2022年的雪（组诗）

在长白山，看雪在飞

雪，落下来
如时空的唱片
忧伤的时候
卡在空中
在燃烧的天际跳舞

向上，还是向下
与理想的相遇都难
希望总是虚无
没有雪，你是否也可以活着

草木之心

年年相约，让雪放心去飞
一生守候，为梦白头，从不说再见

那些爱慕过的人，都已消逝
有爱的山，是神的，心是透明的

圣洁的地方，落雪无声
风无止境，如爱的誓言

水之仙

下对了
是美

不对的时候
是孤独

都长着脚
梦，总是留不住

深隐的山谷
再小的溪水也在流

雪落在我身上
就老了

2022 年的雪

满地的白
也掩饰不了什么

在雪地
我突然明白
走那么多的路
还是没有找回自己

世界是白的
而我的灵魂是黑的

我的脚长出了根

包山底的风
一次次地想把我吹走
但几十年了
我依然还在这里
风在不断地吹，风很努力
一直想把我吹走
风没有来处，也没有归宿
昨天夜里有些人跟着风走了
走得无影无踪
可我的脚却长出了根

独步江畔

水无常形，山行到飞云
江如醉，春风不识途，相思难寄
人间疫情，死比活容易
我不敢再钓风月，唯愿江水
能一洗今夜胸中块垒
与半世浮华。夜已黑，风也冷
川流不息，云江就此入海
不管明天是否有梦，比如爱
是风雨还是阳光，江山无常主
死非永恒，遗忘才是
江月不待人
不如轻舟泛海，烟波寄余生

山行，有风吹来

不管世道怎样，请保持你的正直
继续前行，每个清晨和黄昏
都来之不易，知白，守黑
非白，非黑，愿你永远嘴角上扬
不迷失自己，草木一生短暂
有些人，走过这个春天
就回不来了，上坡路都难走
泉水下山，想获得永生
水匍匐而生，也难免粉身碎骨
切记立身之本，花只开一次
瀑布危崖，走正道，迂回曲折
要记住常识，头顶有星光
浮云易散，死亡无法废除
月亮阴晴圆缺，犹如儿戏
太阳慈悲，给人间温暖
山花善良，在陌路芬芳
远山含黛，峰峦绵延

山风来历不明，吹乱松枝
风张开双臂，从不束缚自己
风吹，草动，风过山坳
风到山巅，风，吹向远方

登飞来峰
——王安石同名作

我来自虚拟之山，
已届知命之年。
少时晴耕雨读，亦算勤勉。
起早睡晚，规矩为人。
也曾万水千山走遍，
百转千回爱过。
奈何积贫积弱已久，
只在塔边打转，
无缘登顶。日出日落，
终身蝇营狗苟，
不是为虚名奔波，
就是在五斗米中折腰。
守正、创新，
小县城，也有庙堂与江湖。
我蜗居城南，斗室乾坤，
上不见天，下无寸土。

悬在半空的人生，
上有老下有小。

寸心天地，千寻塔下，
全球瘟疫，困顿经年，
远忧苍生，近忧饥馑。
夜阑人未静，
哀自身之不易，叹百姓如蝼蚁。
我找遍五脏六腑，
良心，道义，操守，
昨天，今天，明天，
理，义，利
三足鼎立，纷争不休。
是进还是退，内忧外患，
新旧两党，势同水火。
白发已草木皆兵，
前程还云遮雾障。
既畏时代之灰，又惧命运之沙，
更怕战乱之剑，高悬头上。

浮云遮望眼，筑梦空中。
壶中日长，我喝再多酒，
也未解西湖风月。

文成到杭州，尚隔千里，
人心似山水，无论身在何处，
行之维艰，就算鸡鸣日出，
我依然找不到自己。

颂歌

我在海边度假

电话里
我们说起昨天

前面是大海，阳光在水中跳舞，风在歌唱

柿子像红灯笼
挂在枝头
小狗假寐在老人脚边
多肉伸出肉乎乎的小脑袋
在门口晒着太阳
渔村宁静
癸卯年的十二月
比以往都温暖

人间如此美好
千里之外，你在读书

要等的人还在路上

半生过去了
今天爱你胜过往昔
你是家中的一员

活着，给世界一些善意
我是自己的影子

在别人的明天
连自己的今日从何而来
都不清楚
你我都在路上，感恩现在
所有一切，都是最好的

每个人都是生命的旅者
不须多想将来
一场大雪就会让许多的脚印
不知所终

过昆明记

辛丑年四月廿三
过七彩云南
昆明 21473 平方公里
26 个民族
846 万人
只有王单单
同我
醉宿官渡古镇

哭雷明球

烟，若可解忧
人间哪有那么多愁云
酒，若能解真愁
世上哪有如此多坎坷
世路多崎岖
仗义每多屠狗辈
负心多是读书人
读书何用
作画何用
饮酒又何用

以酒为魂
杯中无情酒
心上意中人
红尘有梦
烟短烦恼长
先生啊

"书中自有颜如玉"
这句话
骗了多少痴心人
愿天堂真有黄金屋
真有千钟粟

善行自种福田
用你的水墨
在自己的一亩三分地里
泼洒青春和泪水
让老有所居
老有所养
不用为杯中酒弯腰
为手中烟低头

先生啊
酒难养人心
今世已无你三酉兄
草木一秋
我们都不能长生不老
安息吧，就此别过
若有来生
你尽可托梦来

你我依然忘年交

红尘嚣嚣

我们只管喝酒

无惧生死

纸上人生

虚拟的世界

明球兄

魂兮归来

相知何须莫逆

一纸空文，杯酒支烟

今夜我哭你

也哭我自己

丽州再遇陈星光

江南多雨，今天有些冷
秋色中还有什么我们没有看到的
诗歌的使命就在于说好人话
从塘里到园周村，我无话可说
我早已懒得跟这个世界纠缠
乡村、乡音、乡愁像废弃的岩宕
孤零零矗立在雨中，再也无人光顾
像我紧闭着的嘴。万事不关心
我的目光短浅，只爱女人和美酒
落叶让我害怕，你的白发更让我惊心
我的身体也日渐虚弱，中秋过后
我的手很少举杯，昨晚开始做梦
发现自己已经不能举起生活的负荷
兄弟，人到中年，有许多事情值得感谢
米沃什说，受伤时我们便回到某些河流的岸边
你我都是父亲，又是失去父亲的孤儿
我感谢你让我来到这里三次，但我说不出什么

不管时代如何选择，我想告诉你的

记在我心里的，永远期待和守望的

丽州就是永康，陈星光又叫陈光

清明不喜雨

我一点也不喜欢
清明节下雨

我爸爸死了，我妈妈也死了

我还有什么办法
让老天爷不下雨呢

寒露夜读徐霞客

先生，我热爱河山
也曾跋涉郊野
寻访古迹
追溯江河源头
效仿您钻研地理之学
记录人间见闻

高山如父，江河如母
先生，如今道路四通八达
我也想追慕先贤
朝碧海而暮苍梧
在山水之间
界定自我

可我未成一言
还来不及走出飞云江
功未成，名不就

父母就已亡故

今夜，冷风吹到文成

降在头顶

月未圆，似弯刀

落露

为霜

秋来了

南岳大庙

黑暗中行走
磨石为镜

水和火
百姓的心
秤一样
可称天地

爱出者爱返
福往者福来
祝融
传下火种
让人间
比天堂温暖

荡口古镇记

竹杖芒鞋，溪传三笑
灯下看美人
我说不清为什么爱

但我知道
我有不爱江山的
自由

鹅湖夜饮
——兼致宗仁发、王学芯、龚璇诸兄

伯渎河

水上难留痕

闲中风月

我曾三过无锡

两次到鸿山

一次鹅湖

心乃沼泽，水随天去

姑苏城外

茅草、芦苇、夕阳

皆已自成绝句

湖荡泽国，水天一色

德义有古风

新月似旧友

青山云外，凌霄高远

吴地多佳人

今夜烟波载酒

沉醉不知

身在江南何处

今天，你我都是科尔沁（组诗）

八月的草原

傍晚的夕阳
把人的身影拉得老长
野花有点乱眼

月亮已经升起
人们纷纷走下山坡
蒙古包里飘来歌声与
酒的香味

风，吹着经幡
还有人舍不得离开放包
小河在不远处
牛羊安静地啃着草

这一刻，太阳和月亮

同时照耀着科尔沁

傍晚的扎鲁特

黄昏降临，鲜花宁静
白毡房挨着黑毡房
夕阳把炊烟染成黄金
牧羊犬叫了两声

西拉木伦河谷
河水奔流，星空遥远

经幡迎风，天与地合一
已经是秋天了
草原，让穷人也有了尊严

追风者

我的马，在海边
信马由缰，我有我的自由

空中做巢，我在门外，天风浩荡
我来过，又走了

自斟自饮，我始终喝不赢自己
我是一个失败的角色

风是无辜的，乌鸦像神父，故作姿态
它们像是不食人间烟火

灵魂沉默，天地空空
草留在梦里，那有什么用

我走了，你们都还在场
我是什么？谁能为我作证？

风无语，风无根
追风者，请你告诉我

科尔沁逢敕勒川

草的青春易失
秋风渐近，未老先衰的命运
就像这脚下的草原，尽管辽阔
才到八月就显出了枯黄
天苍苍，野茫茫
月光下草原的夜色真美啊

牛羊的梦中犹记得白天的草地上

几个女人摆着各种姿势拍照

代替蝴蝶，飞来飞去，欢乐之神

草原七日游，我唯一遇见的一位骑手

在军马场一个劲地向我兜售牛肉干

诗的王国，歌的海洋，潦草的时代

故乡在远方，人在自然面前无能为力

空中不见飞鹰，地上没有野兔

有些神，已经远离我们的生活

你的歌声堪比天籁，身如草芥

兄弟，写诗何为？再喝一杯酒吧

喧闹代替了沉默，草原上早已听不到长调

鸿雁南飞，谁还会像你我，痴痴在敖包

等那半个月亮爬上来

停靠站

我的老家在包山底
现在这个村名已经消失
改叫益群村
老家的房子还在，后山的竹林
年年长出竹笋，地里的蕨菜
也年年会发新芽
马路边建了一个停靠站
公交车每天来往，七十岁以上老人都免费乘车
出入很方便。可不知道为什么
地里没有长出我的父亲母亲
每天那么多人来来往往、上上下下
邦管叔、梅柳伯母、美娟婶婶
孔山侄儿、国暖哥、邦志叔
胡克军、仙妹婶婶、云秀嫂子
邦柴伯父、碎丁叔、国库哥
阿布、孔章、阿英、阿转……
却始终看不见我的父亲和母亲

现在我终于明白，包山底
那是一个别人的停靠站

共君今夜不须睡

春眠不觉晓
亲爱的，鸠已鸣
该起床了
秦川八百里
百谷种田间
今年屋前埯瓜
屋后点豆
南坡北洼种棉花
让雨水无闲

历城吟

舜耕于历山
邹，孟子地；鲁，孔子家
孔孟故乡，文化地，礼仪之邦也
当今之世，舍我其谁

孔子不说了
孟子也不要说了
晏子也不说了
大辛甲骨、鲍山春秋、闵子孝道
陈芝麻烂谷子
那些久远的就都不再提了

历城多名士，就拿唐宋来说吧
李白、杜甫、王维、李清照
诗仙、诗圣、诗佛
这三位奇男子，天下无人不知
不用多说他们在历城的风流韵事

书法家李邕、小说家段成式、诗僧义净
《酉阳杂俎》都不要说了
也不必寻寻觅觅
千古第一才女，宋词中不朽的女子
历城有一个李易安就够了
有一部《漱玉词》就足够了

金戈铁马，气吞万里如虎
山有华不注，水有趵突泉，风流依旧
河山依旧，相逢方一笑，房谋杜断
稼轩长短句，诗酒风流，仗剑走天涯
不如闲，不如醉，不如痴
把栏杆拍遍，却命运多舛，壮志难酬
写政治，写哲理，写朋友，写恋人
写田园，写民俗，人中之杰，词中之龙
众里寻他千百度，蓦然回首
历城真正的主人，幼安先生值得大书特书
家家泉水，户户垂杨
先有历城，后有济南
百善孝为先，管鲍之交不是孤篇
好客山东，有朋自远方来，不亦乐乎
苏轼云"济南春好雪初晴"
即心是佛，见性成佛

如果我们也效仿古人
春风在耳，登高望远，指画历城
约上王夫刚和路也去趵突泉边
浅斟低酌，便是神仙

十源遇古木

山乡逸事
老树，古井，后人
深山偶遇 ， 恍然世外
古木逢春，杜鹃开时
无心即天意，群芳皆缘

野径，新绿
青山自碧，梨花夹道
人生何问东西
就像我
今天经过此地
恰如空中飘过的
那片云

我羞于称自己为诗人

我的心不够温暖
我是一个卑微的人
我的心住着一个羞愧的灵魂

我不敢扶起面前摔倒的老人
我不敢呼吸 pm 2.5 大于 100 的空气

我喝酒怕醉，吃肉怕肥
我睡到凌晨 3 点就会醒来

我的欲望像春天的野草
千里之外的微尘，就会让我胆战心惊

我害怕躺下就不能起来
我害怕闭上眼睛就不能睁开

我没有给穷人施舍过一枚硬币

我没有给爱人买过一束鲜花

我纠结于生活，写过虚伪的证词
我的内心不止一个魔鬼
我羞于称自己为诗人

春日

春山易老，一岁一枯荣

草木春心，爱是高尚的
不用玫瑰，没有荒原
人间正道，温暖超越一切

大地千变万化，我们始终如一
蒹葭白露，纵然在烈火中死去
灰烬中依然有拥抱的闪电

汉字难写

板桥难得糊涂
东坡望子不聪明
我亦年过不惑
心未立纲
却欲如野马
犹如榕树的气根
日夜滋生
凭空长出
诸多的烦恼

文有章，字有法
书为心画
难画己
人间有烟火
有善有恶
有形有意
格高者

大疫之年

有你

有我

有死亡赋格

我不聪明

也不糊涂

红尘嚣嚣

常恐

今日言出于口

有愧于心

明日下笔

又字里无情

行间缺爱

佘山斜塔

我的两鬓已斑白
心依然柔软
我爱
故我在

他建浮屠想知道世间有多少美好
而不在意后人的任何评价
一千年了
塔斜而不倒
它对人间还有无限的眷恋
佘，拆开就是示人两字
山说，我和塔有一天都会倒下
只有天空不会，那里是神的居所

白露自述

有鼻子
眼睛
耳朵
和嘴巴
额头
下巴
双手
双脚
骨骼完善
心、肝、脾、肺、肾
五脏六腑
齐全
年近半百
己命、天命皆未知
睡眠不是很好
舒张压有点偏高

每天张大双眼

总看不到自己的眉毛

露从今夜白

抬头纹清晰

眼睛渐花

喝再多的酒

也醉不了白发

白露之后

天又高了三尺

叶落知秋

吹过人世的风

附在我耳边轻声地说

要学会爱

否则，在人间活多少年

也是一个

脸孔不清的人

清明

公鸡不打鸣，天也会亮
人生再长，我们都会老去的
死后坟头，只有至亲才有眼泪
我始终相信，活着美好
我们与万物一起竞相生长
每一个物种都值得尊重
让花自己开，草木一岁一枯荣
欢迎蚂蚁、蝴蝶、蟋蟀
在地上，在空中，在草丛里
自由地迁徙、飞舞、吟唱
春回大地，人间四月多么明媚
死亡不是英雄，请不要颂扬
侮辱别人是自己的耻辱，是软弱
真正的英雄，就是要做好自己
做自己故事的主角，每个人生前
都有一片天空，勇敢者
不是阻止好人和坏人去爬山

不要出卖自己的良知与魔鬼交易
人生有限，在死亡和活着面前
生命最重要的意义是
灵魂的自我救赎，除此之外
把爱、善良、诚实、正直、罪过
在生前，慢慢地，一笔一画
清清楚楚地刻上墓碑

一个大海（组诗）

大海记

大海是鱼的庙宇
鱼的灵魂是湿的

在海之上

水，从天上来
因海重生

最重要的是自由
鱼的心
也是蓝的

不带任何杂质
就影响不了
白云的白

蓝，就成了蓝的
盐

苦海无边

叫慕白
也没有什么用

明月
只送我一程

观潮

水流的方向
涨潮是
前进
退潮也是
是的
进退两难
星星
人
与大海
隔空相见

泥牛入海
小鱼和小虾
在水中
才自由

海

一波又一波
潮水
匆匆来
匆匆去

我是游客
没看清
海里
有什么

同样
看不清的
还有
我的背影

大海叙事

时间剩下不多
天气越来越冷

海边的万古愁
是我的
大海

祈祷

你的唇印还在，你咬的牙痕犹存
我一定要活到七十岁、八十岁
甚至活一百岁也不够，我要活到让自己刻骨铭心

活到海枯石烂，活到山无陵，活到天空长满皱纹
活到江水为竭，活到冬雷震震，活到时间须发皆白
活到夏雨雪，活到天地合，活成尘，活成土
活成灰，哪怕死去也要重新活过来，要重新转世投胎
再活一万年，就算我活着有人恨我、算计我
拿刀子架上我的脖子，满世界赶我，逼我上刀山下火海
掏我心、割我舌、截四肢、挖眼睛，受裂刑
把我打下十八层地狱，千刀万剐，只要一息尚存
你不来，我就不敢死去，你来了，我会兑现我的诺言
道路在，河山在，星星月亮太阳都在，我一直忍住的痛
也在，还有我的泪水和忧伤……

长白山记（组诗）

唯一

一座山脉
可以给几个
省，甚至几个国家
共享。也可以是
许多条江共同的发源地
但爱，无论是广义的
还是狭义
都要长相守
共白头
而且唯一

温泉颂

温泉是
山中隐士

真爱，深埋心底
即使休眠万年
在北国
哪怕已深冬
桃花转世
只要你走近
她依然
温暖如春

就在眼前

花是静静开的
叶子与地下的根
一半在中国
一半在朝鲜

天池
跨一步，就是异国
是他乡
咫尺天涯
相思在这头
也在那头

一棵树

连接天与地

神在夜晚降临

群星苏醒

和谐、共生

通天地人

坠落的果实

蹦跳的松鼠

不须分清哪个国籍

一个闪光的名字

白银时代

松针穿上盛装

每一株雾凇

都有怀念的春夏

白云心里，藏着一个人的名字

雪，离自己最近的

是月亮，是万古愁

群山围着我

神秘的香味
开满鲜花的春天
蜜蜂听见山坡上飘荡着
婴儿的声音

草木葳蕤，除了蜜蜂
只有我知道
长白山的花朵会开口

风云起

春天的脚步匆忙
稍纵即逝

一辈子也走不到时间的背面
越活，越害怕

忧伤的老虎啊
我想盖一间茅草屋
做你的邻居

善良是本分
我将在虎口安度晚年
不问生死

春水谣

突然归来
长白山的野兔
从一棵小草开始，我爱上
春天的斑蝶，把积雪
摔在背后，梅花鹿被春光唤醒
在溪边喝水，流淌的清泉
唱着小曲，露珠轻松地
摇曳在草尖，绿叶在树上
年轻的戴胜鸟
啾啾，啾啾，啾啾
一切的美好，都随春水
回来了

山风不是空穴来的

心中一团火
爱是不舍，是恐惧

山高林深，道长且阻
风对流水说
分别以后
我们永难相见

人为山峰

美人松孤直
松茸儿孙满堂

东三省第一
东北亚第一

一片闲云
羊群在默想

木头也善良

鹰在天上飞，树长满苔藓
长白山里有龙脉，落叶纷飞
金钱豹穿着花衣裳
与东北虎比赛
谁先获得锦鸡的芳心

各有各的活法，毫无道理
丛林法则，万物慈悲

秋天来客

阳光，我要高声颂唱
它让石头开花
浸染的一切，在深秋
仁义乐施的阳光，风没有目的
上帝温润的手
抚摸每一株红皮云杉上
叶子的火焰

寻人启事

世界梦幻
生命一无是处
有这样一个冬天
一年中最美丽的日子
下雪，黄昏，等个人来
万家灯火，天地纯洁无瑕

无论万水千山

我不敢相信童话
在未遇到你之前

自然论

浮云让影子
消失

鹰让山
矮了许多

红松又让山
长高了

碛石赋

风是个大忙人
黄河水也是
尘埃和行人都匆匆
只有阳光很闲，悠悠地
照在龙王庙的屋顶上
照在老街的门楣上
香火和我一样
踱着方步，慢慢地
从码头的西，飘到东
又从东逛到西
无所事事
己亥年
一个春日的午后

碛口码头作

有爱的人间没有恐惧
今天，我们（我和你）都是真的

你看，纤夫走了
黄河水在流

晋商走了
银子不会疼

碛在沙石中
鱼的记忆只有七秒

如果哪天我走了
请你的眼泪不要流

遇见长安

我们吃重庆火锅
我对面坐着你
你的眼神
让我对火锅里的辣椒
清江鱼、青菜、豆皮、莲菜
海带，米饭和烧酒
都有了善意

遇见你之前

今天我遇到两个你
一个是你的灵魂
一个是你的身体
一个有灵魂的身体
一个完整的人

在遇到你之前
我还遇到许多人
他们有的只有身体
有的只有灵魂
她们的身体也很美
她们的灵魂也很可爱

但没有一个人像你
没有一个人的身体像你
更没有一个灵魂像你
遇见你之前

终南山偈

观音有三面

人心只有一颗

天上一切神灵

地上万物

我们有缘在佛前经过

牵手、下跪、祈愿

燕子衔泥，青山皑皑，绿水淙淙

爱是人间的解药

正直、善良、智慧、平安、仁慈

众生皆苦，如果爱也有罪

我愿此生与你一起坠入

地狱

万劫不复

回答

风吹过去，又刮过来
树晃了一下枝叶
又站直了身子

风从水面上吹去
水只皱了皱眉头
就恢复了平静

风吹万物，月亮
瘦成了镰刀，它坚持挂在空中
太阳也一样，每天东升

风迷失不了内心坚强的人
只有柳絮、杨花，这些没有根的
才被风吹得不知所终

不是风把我吹动的

我自己走到了新的世界，这里有你
我义无反顾
把我变成了另一个人

除夕夜

大年三十
回包山底老家

烧了五碗菜
供奉祖先，有鸡鸭鱼肉
和儿子一起给祖先
敬上香烛，拜了拜
然后给天地敬酒
烧纸钱，祭祀毕
开始年夜饭

我的父亲母亲
从头到尾，在墙上看着我们
一言不发

大风歌

风不承认有过去
风只活在当下
风是停不住的
风中，树的叶子
过去，现在
和俗世的我一样
我们都是肉身
会死的

生的永恒是自由
伟大的现代主义者
风，追寻未来
世界的末日，风在复活

古井

每个游子心中都有一口井
从迈出家门的左脚开始
就日夜流淌着
汩汩，汩汩，汩汩
一刻也没有停歇
即使饮尽天下月影
夜深人静，都市厨房自来水的滴漏声
似包山底的乡音
在滴答、滴答、滴答
滴答、滴答、滴答
滴答、滴答、滴答……
固执地，坚持着极少人能听懂的
方言

南昌行（组诗）

谒八大山人

在中国
有儒，有释，有道
每座山下，都有人家

出身儒家，先释后道
八大山人，独门独户

自古朱门酒肉臭
门外不必来车马
马嘴不对牛头

耕田凿井，以哭为笑
毫无疑问，计白当黑
江南江北，只此一家

滕王阁

我一直以为文物就是古迹
其实每一个时代
每一个人都在修建
人间的浮屠

自古知音难遇
他乡之客
走再多的路
修再多的桥
也难以长风万里

很多遗迹已成废墟
登楼远眺
长江一直空流

赣江

江西最大的河流
穿行于山丘、峡谷
在长江之中
毫无疑问

赣江，不是主角

赣江水时黄时清
变化无常
犹如这三年的悲欢

赣江支流众多
湘水、濂江、梅江、平江、桃江、上犹江
江水日夜流动
不断地告别

每一条大江，每一条小河
每一条溪流
都是上帝在人间的使者
万物之源，都只是一滴水
在浊世中送流水
如今晚你在劝酒
喝呀喝呀喝

郁孤台

清江水浑黄
一个郁孤已久之人

登上最高处
也看不到长安

雨是常客
南方空气潮闷
身边的人陆续离开
宋城墙逶迤
没有几块是旧砖
倚栏临江自问
此身如舟
留不住什么
有赴死之心
无杀敌之力
流水万年
本来只是路过
到此一游，我和辛弃疾一样
都不是赣州人

南昌辞

徒留其表
江右楼台已无古风
一堆钢筋水泥

遗世朱耷

豫章人屋尚存泪墨

半幅残山剩水

凌晨三点儿子打来电话

凌晨三点钟流浪街头
他第一次出远门
第一次无家可归

儿子啊，其实我早该告诉你
人间的秘密
生活不全是慈祥
和一帆风顺
只是我有私心
怕你太早成人了

曲折和痛
这是上帝给你的沿途礼物

东门古渡

我从公园路开始
沿着虹桥北路、解放南路
进入黄昏

灯火阑珊处
路宽了，楼房长高了
来来回回走过
龙首桥已被拆迁
故地重游
白岩桥依旧孤独

七铺渡口
画舫横在凌晨三点
塘河流的
已不是当年的水

石家庄的槐花

——致大解

自适自在

无意间
洁白缀满高枝

蝉声似禅
任花开花谢

慷慨之树
从不在意身处闲野

清香入尘
皓月繁星

南岳归来

昨日登顶
三人
苍松、慕白、祝融

今日醉酒
河泊潭
屈原、慕白、李不嫁

明日归去
青海湖
飞机、火车、慕白

镜里拈花，花不语
水中捉月，月无声
老子半生，江南江北
寂寞十万里

与李不嫁长沙夜饮

酒中有万壑
一口饮不尽风月
空欢喜，在酒国里拿竹篮打水
没有一滴酒会记得我

年轻不知肉身沉重
整日和喜、怒、哀、惧、爱、恶、欲
前者呼，后者拥
与生、死、耳、目、口、鼻
勾栏听曲，出入花间
酒醒不知我是谁
又一个陌生的自己

江湖酒醑，壶中慰风尘
喝酒不谈云烟，今日无事，明日无事
我早已棱角不分
不是鲜衣怒马的那个少年

三杯两盏，穿过五脏六腑

饮少辄醉，在杯中踮起脚尖

摸不到自己的心肝

酒是隐于人间的经书

喝酒如念经

没有上帝的酒量

湘江洗不尽人间之污

随波逐流，我半旧的身体

用沉默告诉自己

我永远也修不成道

我不具菩提心

我不会投江，我只为香草美人

醉卧红尘，朝朝暮暮

未名湖遇良好

两个温州人

相遇在燕园

人生真是意外

良好兄，未名湖畔

绿树成荫

元培先生像前

摆放的两束鲜花

隽扬着文人的馨香

立诚可游艺

道德文章

才是不朽之作

北大中国诗歌研究中心

道旁开着几朵小花

大门紧闭

密码锁着虚无

心怀云梦

江湖太大，通途难觅

槐花已开过

人生过半

弘道忧未名

此身误在红尘

杨柳似含烟

白云不知归路

诗人何栖呀

旭日朝露

心得一天闲

也是神仙

身如风，流水自由

走更远的路

浪迹天涯

良好兄

就此揖别

下一程

三山五岳再见

问道荀子

荀子老师
你咋知道人性恶呢

很多人都告诉我
人之初，性本善

我登高山，不知天高
我临深渊，不知地厚
您说：人无礼则不立
为此，我交了许多学费

青，取之于蓝，而青于蓝
我一直以为，我本善良

我活着，我有罪
我一边作恶，一边行善

非礼勿视，今天我不该看见
你的塑像坐在后圣殿里
老子、孔子、惠子、墨子中央

我的财产

父母已经去世
他们长眠包山底
属于不动产
妻儿各一人
书有数千，草舍一间
自由的灵魂一枚
心还不坏，诗未成一首
酒量尚有半斤
走过许多路，故乡不知何处
皮囊六尺，面具一张
朋友一直不多，知己二三子
爱者唯一人

夜宿双河客栈

北纬三十度

客栈的黄昏、星星、露水

飞蛾、蚊子，蛙鸣声

鸟鸣声、虫鸣声、狗叫声、猫叫声、鸡叫声

风吹草动声、流水声

和我的故乡包山底

都一模一样

天籁

鸟鸣
风言
泉溪
夜莺
竹喧

万里江山
"嗯"
还是你这一声
最想听

读《心灵史》

短短百年光阴
看不清生活的真相
这儿除了我，还有你

人间依旧，一个庄子又一个庄子
黄土寄情，高原千沟万壑

临近中年，依然不知身归何处
影子被流放，卑微顺从的一生
命在河心，有舟无楫

神站在彼岸
劝人和解、虔诚、真诚
爱是向往，不是异端
雪花原谅一切罪过

"人不知他，他也不知他"

给生活卖盐的人

水之宗教，川流不息

敖江

从文成到平阳
无论叫阳江
横阳江
还是鳌江
就算三生三世
这短短的
八十一公里流程
还没有一个人命长
浙江最小的水系
因为对远方的向往
我一直负山前行
独自入海

长沙辞

雨赶行人
云梦无舟楫
屈贾被谗
潇湘日夜流

赊来洞庭月
昨夜看花橘子洲
小龙虾、臭豆腐
无上妙品酒鬼的酒
今日谷雨，落花时节
春去也
天涯咫尺
我是尘中客
没有你的城市
遇不到自己

河泊潭祭三闾大夫

划龙舟，包粽子
今年一如去年

写诗
这个国家没人懂你

再投一次江
一样拯救不了楚国

宿坝上农家院

给你打电话
没接

发微信
没回

天就亮了

我收拾行装
把行程向西改向南

一夜真长

青蛙

小时候我住乡下
在包山底
每天从井里打水吃
一次
水桶里居然打上来
一只青蛙

青蛙瞪着鼓鼓的双眼想探问人间
天空
是不是只有井口大

成年后离开了家
到城里谋生
喝的都是自来水
再没看到水井
也没听到
蛙鸣

如今我的天空
只有窗口大

题在天涯海角

我不知道海洋有多大
面对大海，语言有什么用

但我真看见过
世界上最大的花
——海浪，天仙般的脸庞

不怕失去蓝色的波涛
大海自由，不与过往纠结
它那么自然地宽容逝者

到了天之涯海之角
落日不再恐惧
远方的远，无际的远
风平浪静，昙花一现的幻想
宇宙间的一切曲折
爱，深埋在海底

纯洁的精灵，水的灵魂
都是相亲的

岸边徘徊，有些人一旦离开
就永远不会回来
哪怕大海再大
也难重逢

海枯石烂
有些人
会一直等

姑苏行

百里画卷
粉墙、黛瓦
寒山寺香火缭绕
盖过了唐朝的钟声
平江路、七里山
市声如潮
枫桥已不适夜泊
留宿还是姑苏城里好

水墨码头
新月荡漾，桂花卖萌
船娘渔歌大闸蟹
我自弹自唱
到苏州
就说陈词
就听老调
就喝今世缘

我心天堂

闾里水乡美

引子、韵白、挂口、赋赞

故园有乡音

桐油伞、芊芊女

乍见之下，相见欢

虽不通评弹

"我在苏州，很想你"

吴侬软语最多情

干将莫邪入梦

俗世两相缘

白鱼、银鱼、白虾

如果再遇见，希望还是你

用爱书写

今夜酒后
留宿太原，陕西与山西
中间隔一条黄河
分开秦晋

水流千年，关山万里
梦里不舍的
依然是黄土情深

世事纷扰
我不是贪婪之人
藏不住秘密
你在哪儿，哪儿就是老家

桃花潭畔

一朵桃花
只有在一首诗里
才永不凋谢

百川终入海，黄山高千仞
青弋江水深万尺

上不了高山，也下不了大海
我只好让你，住在心里

向死而生
活着真好

你来，心会成庙
桃花，会成仙

大雪封门

雪，下在北方
只在想象中
雪，一个梦中的女子

多少年了，我希望可以在雪乡里
打雪仗，堆雪人，围炉喝酒

去年夏天，赶在秋季来临之前
我就早早地
去很远的山里砍柴

立冬了，天还冷不下来
今年，估计我还看不见雪
院子已堆满柴火
昨晚遇见
一株红高粱
孤零零站在路灯下

遗世独立，等待归仓

像有一种暗示

下雪多好啊

雪若是白花花的银子

多好啊，我把北方买过来

送给自己，我就不再是穷人了

如果大海可以说话

今天是七夕，北戴河作证
我心如礁石
哪儿也不想去了，什么也不想做
我爱得不多，此生唯愿，海水与海水相拥
我们以浪花和波涛的方式
相遇，灵与肉永远厮守
相濡以沫

我们在公园里散步

公园里有人做了许多鸟笼

挂在树上，这些笼子

外形很像鸟巢，做工精致

几可乱真，但笼子里没有鸟

我真不明白，鸟儿为什么

不住在这安逸的房子里

我怕看漏了，又重新数了一遍

确实没有一只，连歇脚的也没有

飞行的灵魂是自由，不管翅膀是否疲惫

一阵风吹过来，鸟笼晃了晃

树又恢复了平静

若水

我对着它说话
它沉默，它是云，它是雨
它聆听，阒然无语，它不声不响
它是月亮，它在天体中运行
无时无刻不在

它跟着我在路上
我仰头，它是蓝天
我低头，它是故乡
每天捧着它，它和我形影不离
它不是老虎，它叫若水，一只杯子

吟啸且徐行，春天之翼
爱由心生，缘爱而生
无处不飞花，田园乐章
春的花园，春的节日，春天的味道
绕梁三日，依然唇齿留香

水依于杯，杯依于人，人依于心
心依于天地，心对了
后面的就错不了，它若在手
我不负时光不负卿，天下又能奈我何

一杯就是一辈子
不管世间有多少爱恨情仇
有此一杯，我愿已足，只取一杯饮
它是我抵达你的一种方式

运河辞

水能去的地方
船也想去

船能去的地方
皇帝也想去
只有墓碑不想去

我在通州游船上
看到荻花在飞
顺着水流的方向
飞

雨夜答客问

万物本来
我居其中
人命，天命
皆难知

天地分明
我早起只是为了
呼吸空气
一口清新的

未眠，是想看清
黑夜里的真相
下雨，是神用甘露
清洗浊世
善由心生
名以虚作，皆是我
花要开，就开吧

该吃吃，想睡睡

放下，无惑不惧

放开，乾坤朗朗

你若爱，人间皆净土

在唐山，致唐小米

我们不怕黑夜
我们心中有明月
我们听得见黑暗中的花香

心之桥，爱彼此

有水就会有渡
嘘，光已经在走向
失眠者的路上

我是一个没有什么可失去的人

清晨或傍晚，我路遇许多岔道
错过很多风景，赋、比、兴
都是海市蜃楼，为风，为雅，为颂
我一辈子在长短句中挣扎
一生等待命运的审判
爱是美德，我还没有学会
时间是我负担不起的奢侈品
我永远跑不过时间
每个人都想去天堂，又有谁
真正抵达天堂，我逃脱不了死的宿命
逃脱不了生的惩罚
天堂在天堂里
没有人会为去天堂而死

平庸与突围，我时时陷在困境
与两难之间，除了你
没有人会把我带进天堂

中年之境，思已无邪

生活中有太多遗忘

除了心中有梦，我是个残缺的人

我还有什么可失去，上帝一直在天堂

爱而不得，我是男人你是女人

我逢山开路，见水搭桥

我相信，我们下次见面

上帝会安排一个孤独的黄昏

致戈黛娃夫人

夫人生在英国
却有东方古典之美

如花美貌，乃夫人私有财产
国家，公器也
天有道，得民心者得之

不藏私，美德之美
裸者，坦荡，赤诚也
心怀苍生，马背就是天下
夫人美，人美、心美、灵魂美

公而忘私，夫人之美
德也、才也、色也，德音不忘
真、善、美，由内而外
夫人之美，让邪恶不敢出门

竹枝新词

我是一只深夜里的鸣蝉，深夜振腹
根本没有能力兵临城下唱空城计
我醉之意全因酒，不在什么山水
我想着我的俗世红尘，我一刻也不能免俗
每一天我都是王国侧，又名叫慕白

终南捷径

这从蓬勃的兰花
众妙之门
闪烁，幽深的芬芳
兰之蕊，等待一个人横空出世

兰开花才算花，不开是草
进来吧，把它打开，给我一个春天
这属于你的秘密通道

你不带我回家，就随我落草为寇

致 J

我不知道该如何爱你
我的爱很狭隘，狭隘到我只爱一个人

就像我只爱我的故乡
满天星斗，我的左眼只爱西北那一颗
右眼也一样，除此以外
我什么也看不见，什么也不想再看见

不知道如何让爱的人幸福
爱，我有万般柔情，又常常语无伦次
我不仅在为爱哭泣
更会为不能爱而流泪

你啊，多么值得期待

萧然自致（组诗）

宿楼塔镇

天气渐转凉
鸿大雁小，风自北而来南
虫鸣亦古亦今
中秋不远了

夜读许玄度

狗叫有点世俗
突然而陌生
推窗，满天繁星
没有一颗比我早睡

仙岩山记

仙者，山人梦也

山上有树，可樵
山下有田，可耕
溪中有水，可渔
许询在此筑室，可隐
山水可放牧
钱镠试石，不可都

萧然自致

古今风雅者
不在鸟语花香
而在四海无弃田
岁熟丰稔，晴可耕，雨可读
心中有清风

楼塔古村

祠堂听绍剧
老人似弥勒，如菩萨

门口下棋、吃茶、晒太阳
何必去远方

此地有诗，有酒
溪边有座桥，有浣女
小镇水清，东边祠堂西边寺
老有所依，便是乐土

爱永无止息（组诗）

一句

爱永无止息。能入我心者，我侍以君王。

儿童节

妈妈不在
我再也没有资格过儿童节了

八月十五夜

月亮能上天
可下不了黄泉

天凉了
妈，我想你了

行路难

我们筑起的墙
我们要把它推倒

古风

在包山底
早点叫"天光"
午饭叫"日昼"
晚餐叫"黄昏"

西安湖

莲叶何田田
你却在
蛙声之外

在南台寺午膳

念佛是谁
吃饭有我

在晋祠

周柏
唐槐

难老泉

三槐世泽
树
比人
命
长

再喝五百年

世人知我爱酒
知者请我喝酒
爱者看我喝酒

寂寞五百年
谁会在哭我

与维强兄酒中作

你我共事
亦算缘分

同僚之间，不溢美，不心谤腹非
端得起酒杯，坐得到一块儿
喝完各自回家，就是幸事

酒品即人品
你年轻，不功利
不厚此薄彼，关爱赋闲老人
先敬你一杯

走过万水千山
半生为衣食蝇营
为虚名狗苟，书生无一用
仙佛我皆难成
终为碌碌，接受命运的平庸

我自罚一杯

人到中年，流水无情
天气已经入秋，不知明天风吹何处
维强兄，白云过隙
世间事，不过三杯酒
今是昨非，酒中可返乡

今日作乐，维强兄
我们也学学古人
"今朝有酒今朝醉"
来来来，干了这一杯！

在大海上喝酒

——兼致谢宜兴

酒是好东西
不能被浪费

人间就是一个大海
爱酒之人都惺惺相惜
今天你上船时
告诉我
你带上了酒

大海之中，咱们都是漂泊之身
你我素昧平生
脚下是万丈深渊
波涛汹涌
有酒就是天堂
我已经年过不惑
但却是

第一次有人在大海上请我喝酒
并且是在天涯海角

这是一个功利的时代
及时行乐
诗人们忙着赞美山水
或者装神弄鬼，云里雾里地
卖弄文字
谁还会关心黑夜的问题
和粮食的供应
其实大家都忙于生计
这也无可厚非
更说不上谁对谁错

四天三夜
短暂的海上旅行
来去虚无
明天我们又将身处何方
谁也无法预料
每个人都有自己的影子
一去不返
昨天的落日很美
可海水再多

也留不住我们的脚印
在未醉时
我现在唯一能做到的
就是借用你的酒
敬你
后会有期
在下一个陌路

这人间真实美好（组诗）

边关春早

坐着火车去南疆
春天，穿越种族、国家和年龄

流水在戍边，青春不朽
月下曾经的战场
满山皆是忠魂的家园
桃花前年轻的战士
守卫的哨所就是一扇中国的门

化干戈为玉帛的风，吹在太平盛世
这江山永远都是人民的
琴与剑，把心和胆献给边塞
诗里，梦里的孤寂
把一个长过，也短过的影子
留给自己

前有古人，后有来者
绿色戎装，春风满关山
热血是流动的长城
人民卫士，没有杀伐之心
这人间真实美好

沙仁寨

这是云南一个与世无争的小山村
战争
生命的雷区
八十七个人
只剩下七十八条腿

数字告诉我
从八岁到八十四岁
命还在，没什么过不去的

界碑

我不是一块石头
是一座界碑
在我这里

风能过

雨能过

自由的

星星，月亮，太阳

和蚂蚁都能过

但国王

必须签证

饮酒记

晚餐只有
男性，皮囊用旧了
灵魂长满皱纹

酒中安魂，手可握住的太阳
带火的水呀
请让我皈依
获得一抔黄土
把此身静下来
不再有漂泊之苦

站台

远山静默

一轮落日依依不舍

余晖被风吹散

列车远去

天光将尽

月台无人

繁体字的小站

像是另外一个星球

荒草与荒草

相互致意

彼此沉默

有诗为证

我们约定二十五年为期

那一年，你不许老去，我也还要活着

我们再也不分离，哪怕日子贫穷

一无所有，就守在一间茅草屋前

看轻风抚摸小草，听雨声呢喃

阳光在我们面前一寸一寸

一厘米一厘米、一毫米一毫米地

慢慢挪动，等天全黑了

也不让星星搀扶月亮回到屋里

我依然全听你的

虫鸣不懂时间之苦

允许整夜弹唱催眠曲

千松坝森林公园

我们驱车沿着山道前行
进入景区之后不久
就遇到了岔路口
稍作犹豫
我们开往南山望远方向

这条公路蜿蜒起伏
山峦柔美
群山巍峨
道上游客稀少
路边碧绿如茵
斑鸠和松鼠悠闲散步
它们并不怕人
白桦、落叶松、山杨
幽静蔽日
景象万千

到了路的尽头

停好车

我们徒步攀行

到达山顶

看到有人用石头垒起

小小的玛尼堆

站在群山之上

山岳、森林、草原、花海、小溪

尽收眼底

远处的风车在不停地转

一阵清风过后

对面山坡上出现一群牛羊

它们低着头吃草

宁静、温暖、柔和

与世无争

我庆幸自己今天

正确的选择

放弃了另外的一条路

与柯平登广济寺

寺庙虽小
信众甚多

香客为自己和亲人祈福
和尚自称来自亳州

善心无价
功德牌，在雨中缄默

大家都为口饭吃
香火不断，祈祷需要真心
职业无关风月
柯大夫啊，诗人何为？

雨中登广济寺
上山费劲，下山急忙
人生苦短

不知佛是否晓得，最好的时光
是坐在寺中
忘身在草木人间
有喝半盏茶的工夫

月亮，月亮，月亮（组诗）

一

月亮，月亮
我问你
为什么
不睡觉呢
腊月十六了
你一个人在天上
冷吗
孤单吗

二

月亮，月亮
我正在悄悄地改变
天快亮了
我就要消失了

三

地上望着我的人儿呀
你可知道
什么才是最好的距离

四

月亮，月亮
我知道吴刚、桂树、玉兔
都只是传说
广寒宫十分冷清

五

美好的，也无可挽留
即使心再执着
也逃避不了
阴晴圆缺

六

月亮，月亮，月亮

最好的距离

是你远在天边

我心在你眼前

离神这么近的地方（组诗）

绝句

草原太美了真不好
让诗人无法落笔

只好闭上眼睛
忘记天之蓝、梦之白、牦牛之黑
油菜花之黄、青海湖之清
风之野、雨之不讲道理

忘记羊儿会吃草，忘记天上鹰在飞
忘记人吧，经幡在
神明在

贵德黄河

朋友说

你来得不是时候
前两天刚下过大雨
今天黄河水不清

活了 50 年了
我应该清楚
黄河清了那就不是黄河了

致黑子

天上有明月
刚察有亲人

倒淌河

车过 109 国道
在日月山 1.5 公里处
超车的喇叭声
把小牛惊了一下
掉头跑向母牛

西去有佛
师傅请开慢些

到黄河还远
这是一条母性的河

三江源赋

我最渺小
人类的栖息地
万生谁长
唯德贵矣

天上的神
地上的人
帝王
庶黎
从青藏高原
到东海

这浊世
水往低处流
人往高处走

一路上
村庄离墓地很近

寺庙也很近

西海情歌

从刚察去哈尔盖
高速路边
一群羊
在墓地吃草

比我高 1.66 米的神

县城向西 24 里
刚察扎玛日山

部落的守护神
有神的地方，都比人高

是的，我看见了那头牦牛
它是黑的
在增毛岗上
还有两只黄色绵羊
比我高 1.66 米

野花的后边
比神幡还高的
是雪山

在沙柳河

三宝兄
昨夜一场大雨
河水变得浑浊

你的微信朋友圈
永远停留在 2017 年 6 月
河水西去
五年来
大江南北
我与长江对饮
与黄河共酌
再没有遇到
一个人与我酒中
义结金兰
昨夜我又来刚察
恍如隔世
棕头鸥和黑颈鹤、白头雁

都在河边翱翔

唯独缺你陪我放生

湟鱼会洄游

人间好人难留

你是天上的金雕

清纯、多才、聪颖

三宝兄，神的孩子

我的好兄长

黑子、李玉荣、政龙

今晚请我喝酒

他们是我朋友

也都是你的好哥们儿

神灵邀请你归返天国

按照藏族习俗

我把悲痛和思念

化作手中这杯青稞酒

敬你在天之灵

祝你自由飞翔彩云间

扎西德勒

陇南行（组诗）

与老杜书
——辛丑仲夏，谒同谷少陵祠

子美兄啊，该如何和您说呢
你我皆为天地一沙鸥
还是叫您老杜吧，这样亲切
两个诗人之间，我们没有隔阂
不同之处，您一生为物所累，困于衣食
在酒中不能自拔，我一生只知有爱，为情所困
为乐当及时，我不是李白，我叫慕白
登山涉水、高歌游猎，我们共同的喜好
诗酒风流，举觞望天，饮如长鲸
老杜，此处有芳树、清风、好山、闲云
青泥河畔飞龙峡，凤溪水上故人家
您宗祠面前的山水是旧山水
今天和我一道来拜访的也是一些旧相识
林莽、商震、路也、李点和陈亮

大家都写诗
我们可以说说心里话

"致君尧舜上，再使风俗淳"
仙佛都难成，百无一用是书生
老杜，您一辈子心系苍生
胸怀国事，您从小聪颖过人
三岁能认字，五岁能背诗
自称读书破万卷，下笔如有神
但您命运多舛，生不逢时
您一生都在印证着
写诗是无用的，诗人是无用的

生年不足百，常怀千岁忧
造化弄人，年近半百无立身之地
老杜啊，同谷现在改称成县
可房价还一直在攀升
从 712 年到 1973 年
我们整整相差 1261 岁
为衣食住行活着，人们始终没有改变
老杜，杜老师，公元 759 年
时年您 48 岁，安史之乱
您避祸秦州，作同谷七歌

诉人民之苦，道百姓之难
2021 年我也刚好 48 岁
我大都写的是风花雪月
偶尔才是虫鱼鸟兽草木

历代的权贵，视您为眼中钉、肉中刺
老杜，仁者永远反对战争
野无遗贤，忠勇之士，为国为民
百姓只求瓮中有米，灶头有烟
山野村夫一辈子的追求，老婆孩子热炕头
诗人不会口有蜜、腹有剑，阻塞言路
古今中外，世上的悲苦欢欣，是罄竹难书的
三闾大夫愤而投江，李谪仙水中捞月
只有老杜您的死至今是个谜
背靠黄土岭，面临东泗河
巩义市的南窑湾，您的诞生地
至今门庭冷落、少人问津
因为您写出了人间的
"朱门酒肉臭，路有冻死骨"

坐着火车去陇南

昨天我从温州桐岭上的轻轨

今天我在西安的火车上
过汉中，在宁强南站停了两分钟
又开往广元
这会儿我在去陇南的高铁上
火车一直带着我，不知要驶向何方

从陕西到四川到甘肃，火车穿山越岭
穿越几个隧道，八百里秦川
麦田、村落、山岗和炊烟
一闪而过，火车速度越来越快

去的地方越来越多
走的路越来越远
听说我的家乡
文成也要修高速铁路了
设计时速三百五十公里
快、快、快，都这么快，快、快、快
再快、再快、更快，再快、更快……
火车、火车、火车……
你可以带着我去远方
你能带着我的灵魂
找到回家的路
和故乡吗

夜宿礼县

夜半酒醒
见秦都大酒店窗外
一株千年古柏
肃立在深邃的星空下
沉默不语

星星迎来新的送走旧的
伏羲，女娲传奇
大堡子山，秦人发祥地
诸葛亮六出祁山
皆已成往事，尘埃早就落定
西汉水，嘉陵江，燕子河
流水还日夜不休

秦岭和岷山之间
礼县，《禹贡》之雍州地
夏禹治水，于蟠冢山疏导漾水
山水里有盐，水要酿成酒
秦人东出，还有好多的路要走

犹记昨晚诗人包苞兄说

酒敬尊贵的远方客人

酒敬三巡，这是习俗，是古礼

敬一杯，看一杯，碰一杯

在秦地，开杯就要喝，一醉方休

醉又何妨，哪怕道阻且长

中伏已经过去十天

连绵不绝的远山，像海市蜃楼

人生苦短，我有幸还活着

茅花开，风中的芦苇提醒我

秋已不远，我爱的人，在水一方

陇南行

秦陇锁钥，巴蜀咽喉

山有多高，水就有多深

我来自浙江文成，刘伯温老家

从江南到黄土高坡，要经过昨天、今天、明天

秦汉大道，甘、陕、川，必经之路

太昊之治，伏羲生处

东坡诗云"一点空明是何处，老人真欲往仇池"

仇池有五国，兵家必争之地

街亭失守，前哨阵地，攻伐消长

我的青春已无天险可凭

我天生有反骨，一直与自己为敌

唯有爱情还灿如烟花

绚烂而绽放，只是青春短暂

道阻且长，我的木牛流马

一直在路上，尚未抵达你的窗前

文县天池、宕昌官鹅沟、成县鸡峰山

礼县大堡子山，都尚与我无缘

年近知命，我不求深刻，只求简单

刀、矛、剑皆已入库，老之将至

我已无意也无力再逐鹿中原

西和北，此后余生，遇一菊共白首

古槐、海棠、斑竹、熊猫、当归

凤凰台、泥功山、积草岭

蜀道难，祁山远，绝壁峭峙，孤险云高

得陇望蜀，痴人梦纷纷，天罗地网

铁龙山攻守两难，后网络时代

空城计难唱，天下所有物品

都在涨价，只有我的诗歌

还是不值一文，诗酒皆神仙

人心早不古，草堂八面临风

昨夜酒醒之后，发现枕巾又湿

只是我不知自己在哭谁

世事难料，瘟疫、台风、暴雨
山洪、地震、战争
都在明修栈道
民生多艰，极寒、高温、饥饿
衰老、病毒、灾难、恐怖
又常常陈仓暗度
红尘滚滚来，独木难支
诸葛孔明六出祁山也是徒劳
今日我到陇右秦川，平阴古道
遥想当年诸葛屯兵五丈原
与司马懿隔渭河对阵，羽扇纶巾
一生三分天下，鞠躬尽瘁
功过是非，江山无常主，万古长空
诗人做梦为天下立心
日月经天，西汉水和洛水
白龙江与白马河，江河行地
意外和明天都在路上，杜拾遗言
"男儿生不成名身已老"
山风在左，林泉在右，礼县
文县，成县，文成县，文成武德
浙南，陇南，无问西东

言难立，功不成，尘归尘，土归土

人从哪里来，又回哪里去

天道轮回，人伦纲常

白云送老，酒后出真言

人苦不知足，要心存敬畏

疫情肆虐，草木皆兵

没有灵药可以包治人间百病

人类其实很脆弱，无论如何努力

依然无法逃避死亡的深渊

辛丑初夏，谒陈亮先生墓
——兼寄星光、家农、泉子、飞廉诸兄

上书中兴，光昭日月

泥途人生，载舟煮茶

今日我登山过岸

储花于心，歧路陌途

幸遇于先生之冢

"盈宇宙者无非物，日用之间无非事"

今生泪，来世酒

自由与希冀

往事在心头

"天下无事则文士胜，

有事则武夫胜"

上下数千年，家天下

大则兴王，小则临敌

忠魂永康丽州

每个人走着走着就老了

写作的秘密无人知晓

蝴蝶梦庄生
状元不是官
只是一种皇家荣誉
路边的红叶李
形美色艳
但苦涩

万物皆有灵、有定数
镜子里的自己
从来不是真实的
大功大德，抑或大奸大恶
时间会告诉未来
我一直想把人字写端正
但经常口是心非
不知道自己该战，还是和
人到中年，荒草丛生
日落黄昏
悬崖不会因为我们的
到来，就盖棺论定
而变成平地
荻花犹自开落
无论白天，无论黑夜
农商并重

才是义利双行

绿水青山，今天时间尚早

太平水库堪比昔日鹅湖

我铁骨铮铮的龙川兄

隔空喝一杯吧

两个男人之间

三观佐酒

如果有猪头肉、花生米做伴

那就完美啦

八百年算什么呀

"了却君王天下事，

赢得生前身后名"

文以传后

这是多少文人的梦想

农家子不懂帝王事

你的太平

只是一个小镇

龙川先生啊，八百年来

家国分分合合

有人南渡，有人东归

有人西征

北伐已经成功

见心见性

如今我的北方友人
疾恶如仇，义薄云天
喝起酒来从不藏私
与你我一样热爱
人间烟火

今人难懂古人
古人也不懂今人
祝酒词要明义
经世之学
必能致用
义须在利先
世人都在杯中养虎
谁是人中之龙
丽服高冠，鲜衣怒马
无论是立功、立德
还是立言
缺的就是人心之古
你自赞其貌亦古
谁不想，倚天屠龙
成与不成，又何妨
我也年近知天命
事实、真相、初心

我早已非我

耕者有其田，老有所依
苍黎住行，衣食无忧
便是盛世
我爱我家
爱父母子女、兄弟姐妹
爱亲朋好友
爱我自己
爱世人
中兴者，立国为公，仁心仁术
良知不失衡
南北自由往来
我不喜欢程朱理学
不喜欢形而上
不欺世盗名
不相信世界洁净而空阔
存天理，更要有人欲
顺应自然，天地人合一
您若泉下有知
同甫兄，您得敬我一杯
我久居乡野，纸上半生
躬耕于心，写诗

不问东西
我只想知道
如何让每个人
都有家可归

马拉多纳

传奇的一生
给你一技之长
上帝是公平的
球是圆的
你可以绕过六个人
但绕不过死神

请把我埋在酒里（组诗）

我只痴爱酒

天蕴地酿
美酒只对佳人饮
明月天山，梦中到瓜州
诗酒趁年华
喝酒何须夜光杯
对酒当歌
白酒，红酒，啤酒
我喝遍大江南北
但至今尚未品过
甘州九香琼浆

大漠孤烟，经幡和雪山
好酒不怕巷子深
粮食为精，水为血
酒曲遨游太空

黄金丝路，诗酒香

君不见，这酒泉

源出祁连山，甘露也

河西走廊，天下粮仓

沙漠绿洲民乐酒

黄河之水，天上来

既消忧还解愁

酒者，百药之长

酒品即人品，人性有善恶

今生你我有缘

云闲为菜，风清佐酒

酒中自有万户侯

管他春风几度，人生几何

来来来，有钱全买酒

不醉不入玉门关

酒赋

世态炎凉

我的肉体日渐衰老

我心依然滚烫

滔滔黄河水，滚滚红尘路

一壶老酒下肚

心中有爱

不管世道如何曲折

生活有多少

不尽如人意

我都愿意做你的知己

"心中有丘壑，

眉目作山河"

不负饮者之名

每天举起手中的圣杯

斟满五谷的

精灵

这人间的火焰

请把我埋在酒里

明天在路上，今天在杯中

如果你从未爱过

如果您还对人生怀疑

幸福短暂，痛苦绵长

那快喝酒去吧

酒是时间的艺术

爱的取舍只有时间
在这个朝不保夕的星球
没有比酒更好的了

我一直想把虚无抛下
但它总像幻影似的
一直跟着，患得患失
我的前半生为此已纠缠了很多很多
从今往后的日子
我应该和自己冰释前嫌
学会在爱和善中度过
酒是太阳，是伊甸园
酒中自有好山水
酒是一首抚慰人心的歌
我已江郎才尽，我的身体集体哗变
经常不听我的指挥
在这个春天写下这首诗
是想告诉我的孩子，待我百年之后
不需要其他的宗教仪式
请直接把我埋在
我亲手窖藏的这缸酒里

富春江北望

滔滔江水连绵，终无半点风尘
我心如明月

梦出阳关身在浙江，昔人已远去
水流东西，江风大

一梦三千里，一个地方到另一个地方
江心水急

渔火明灭，似昨夜的你
一分风月，一分江南，一分北方

戊戌初夏再观百丈漈

你我之间，隔着三千里云和月
207 米的落差，45 年的尘与土
我为你翻山越岭，却无心看风景
这不是歌词，是真实的独白
相思有益失眠，梦纯粹而单一
水有慈悲之心，渡不尽天下有情人
梦只在天上的白云，远方的风
夜深我舍不得睡，我一生逐水而居
四海为家，心中只有一个小小的愿望
结庐在人间，可草木不解风情
湖山无知音，今天从悬崖下走过
我的心突然像这瀑布一样
一落千丈，我不怪流水无情
我只恨自己身上没有翅膀
蜻蜓吻水，自己和自己较量
风还在身边吹，云在头上飘
人世沧桑，我独爱那山那水

独爱你，脚下的路多少人走过
却没有留下什么痕迹，情长纸短
此中有真意，不知何时
才能和你像飞鸟相与还

夷望溪

我去过许多江边
想竹篮打水，我努力在水中捞月
但我始终找不到自己，在夷望溪
水里的倒影已是一个男子的中年
我的身影浑浊，青春早已不堪
缘木求鱼，我想把昨天沉入水底
我的脸上却留下了
风也能吹动的皱纹和白发

在银屿看海底世界

永不言弃，我确信
大海有一双神奇的手

在岛屿间浮槎
海与岸与沙滩，退也是进

等待如希望
不管是鱼戏水，还是水戏鱼
往者不谏，来者可追
鸥鸟知道，坚持就是最好的

天河与海通，俗世之外
万水千山也是近邻，日月可证

延伸的语义，海水升起，
还原本来的样子
永兴，永乐，西沙群岛
都与中国古汉语一衣带水

登凤凰山
——致英军兄

辽东半岛第一山
史称乌骨山
山不在高，有风骨就好

凤凰涅槃，凤凰于飞
浴火而重生
有神也好，有帝王也好
庙堂再高，我从不焚香跪拜

我只臣服于真和美
比如兄弟友情，在我心里，比一座山高

枫叶红了

落叶似蝶舞
泥土让人心安

我是风，我是空的
叶子从绿到红，再到灰褐

我的一生
白云一样的，向往自由

如今好了，离开枝丫
不再有执着之苦

我将是大地最好的
庄稼

纪念日

第一日，航班延误
深秋之夜
你来了

我在门口等你
微雨，桂花香重

第二日，山欢水笑
一万个舍不得
天亮了

第三日，故事未完

第四日，各自天涯
人海茫茫

命如游丝之人，梦是坟墓

我手中只剩

寂寞如烟，孤独似酒

夜宿商城宾馆

人都有一颗善心
也会有恶念，人间美好
商贾制胜，不仅仅是技术
重要的在人心，是人情

义乌，源于孝，乐其心，不违其志
"书之妙道，神采为上，形质次之，
兼之者方可绍于古人"
我不是如今唯一还把老祖宗的东西
记在心上，写成诗的人

商品享有盛誉
产地和品质都是标签
好人不需要名字
鱼龙混杂，我们在求生
练就胸怀、气度
北斗星可傲视天地

秋风无力，人心从容

志存高远，东方在右边
西方在左边，我的父老乡亲在江东
我的生意在稠州
顾客都是上帝，义字当先，乡间谚语
"客人是条龙，不来会变穷"

有人在时间上雕花
终生寻求济世之道
诗与远方，破中有立
今夜，商城宾馆的后面
旧城在改造，万物更迭，在曲折中前行
篁园桥下的义乌江
川流不息
商品享有盛誉
产地和品质都是标签
好人不需要名字
鱼龙混杂，我们在求生
练就胸怀、气度
北斗星可傲视天地
秋风无力，人心从容

志存高远，东方在右边

西方在左边

我的父老乡亲在江东

我的生意在稠州

顾客都是上帝

义字当先，乡间谚语

"客人是条龙，不来会变穷"

有人在时间上雕花

终生寻求济世之道

诗与远方，破中有立

今夜，商城宾馆的后面

旧城在改造

万物更迭，在曲折中前行

篁园桥下的义乌江

川流不息

题成都武侯祠

往事一幕幕，不如烟
这是我一个人的冬天
他人的成都，不是我的蜀国
在锦里我没有看见诸葛，孔明已升天
我是孤家，我的熟人遍布天下
我会草船借箭，我还学了夜观天象
但我只是寡人一个，我的人生犹如八卦图
复杂又错综，在白天黑夜之间
陈仓暗度，我的青与春二仪
当着我的面明修栈道，岁月蹉跎
街亭已多次失守，年过不惑
火烧连营，上有老，下有小
三分天命，七分打拼
白头如西岭积雪，暗藏司马氏之心
蜂拥而至，出师未捷，巫山已远
我挥泪一千次，依然下不了决心
躬耕南山，把酒桑麻，无法淡定

从容，做一个散淡的人，焚香弹琴
声色犬马，在司马懿兵临城下时
煮茶，温酒
唱初学的《空城计》

乐山有佛

一个旅者在朝圣的路上，被自己抛弃
比唐朝的草堂住不下一个写诗的杜甫
要幸运许多
到了乐山，你会看到
佛肚子大，能容，笑天下

佛自己也笑，笑我们，乐山大佛在笑
笑看人间，天天在笑
生也苦，死不易
我真不知道，他老人家在笑什么
更不明白有什么好笑

牛年的诗

每个人希望

牛，耕地、拉车、推磨

做孺子牛，服服帖帖

一辈子，勤劳忠诚

最好连草也不用吃

老了，水牛、黄牛、牦牛

都变成牛肉，而自己

手牵牛绳，握牛鞭，执牛耳

庖丁解牛，牛气

冲天

登泰山

我们一直朝前走
中天门开始，饥餐渴饮
卸下所有的牵绊

过千层石和仙人崖
一路上积雪如冰，人间天上
每一步都如负千钧
我们小心翼翼，给所有神灵磕头
为路过的流浪猫投食、祈福

祈祷未来，十八盘，步步惊心
南天门最难，苍山负雪
道旁松生石罅，回望来路
仰看远山，恍如隔世
到达岱庙，上玉皇顶
身处东岳之巅，我看到你
壁立千仞，果然如是

"泰山安，四海皆安"
执手相望，云峰霄汉
从此，我昂然天外
万物皆小

越人歌（组诗）

武汉听雨

武汉已是芒种
鹦鹉洲芳草萋萋
长江上架了新桥
蛇山与龟山，依然隔江相望

车过知音大道
月湖之畔，汉江之滨
南望古琴台
江水从高处下来
川流不息

河港沟渠如织
武汉三镇，江河纵横
自古九省通衢
收割有麦，播种有稻

江城烟波如画

昨夜一场大雨
老天在给武汉洗尘
窗外广玉兰盛开如荷
具有祛风散寒
行气止痛之功效
惊醒梦中人

吹笛之人已远去
此地湖泊星布似棋
人世知音难觅
老天爷的一场大雨
不知能否治愈
一个满身尘埃之人的
高血压、偏头痛

布谷

鸟儿夜里不睡
在林间鸣叫
连芒种，都不曾停歇

春天已经过去
寂静越来越多
还有谁像我
在长夜，倾听一只鸟儿鸣叫

多少年来，它像一位诗人
反复，在空空的山谷
叫着自己的名字，反复，反反复复
布谷，布谷，布谷

鸟的影子落在草丛上

清晨，被鸟鸣叫醒
窗外是片树林
我推开窗户
想找到鸣叫的鸟儿

林间树影疏落斑驳
鸟儿像透明的风
叫声忽近忽远，忽远又忽近

真神奇呀
鸟叫声分明来自树上

但看不到鸟儿

林子很大，我不知道自己
为何找，其实就算找到鸟儿
也不能改变什么

我决定放弃好奇
不再和鸟儿玩捉迷藏
继续睡觉，一回头
发现鸟的影子落在草丛上

赤壁怀古

在黄州
路遇一老者
推一坐轮椅大妈，携一女儿
说来自东北，四野老兵
耄耋之年
专程赶来探访故人，谈笑风生
胜似公瑾当年

问我缘何游此
我说慕东坡先生

之江上清风，之山间明月
之东坡肉，还想偶遇小乔
（我非三国周郎，偶遇小乔当然没有说出来）

长江之水已改道
此地东坡，再无拍岸惊涛
公园先生石像孤立
古今风月，昔日睡仙亭
无非一段醉酒笑话
人生像一叶扁舟
赤壁之游乐乎

"及至到来无一事"
遥想自己半生
我一声苦笑，再怎么浓妆艳抹
风流迟早会散
其实先生看得比我清
早已写下千古名句
多情终将
灰
飞
烟
灭

夜宿遗爱湖

对美好事物
一直心存向往
年过半百，我对爱
还是不能释怀

我从浙江来，还回浙江去
常在江边走，我心如清风

退而有人思，遗爱在人间
此亭四周波光粼粼
流水从未问前程
除了爱，其余都是次要的

《增广贤文》说，人生于世
没有不带伤的，既入江湖
便是薄命人

虚幻的世界
爱是神的自留地
临水而居，寄语天上明月
珍惜眼前人

与非渔、铁舟参观青铜器馆

在春秋时期
青铜器是贵重物

刚铸成的青铜器是金色
出土的青铜
因时间锈蚀变为青绿色

模与范，以及一模一样
皆缘于此，今天听导游小占一席话
真让我开了眼界
青铜器深埋地底千年
一旦重见天日
马上褪去昔时光芒

未来就是现在
这和古今多少事
多少人
相似

荆江边望月

月亮躲在云后面
知道我在看她
她知道我全部的过去和现在

感谢月亮
20 世纪 70 年代开始照着我
80 年代，90 年代
新世纪又照了我二十多年
不知还会继续照我几年

我们都有仰望星空的自由
但不管手伸多长
永远也摘不到月亮

今夜，月亮照着我
也照着江水

宿临水庐

酒可以安魂
醉卧洪湖岸边

荷花红，荷叶绿

鼾声如雷
长期临水而栖的蚊子
恨我开了空调
扰其清梦，赶也赶不走
还邀来一条蜈蚣
与我同宿

人生行如逆流，何必分河湖
小楼漏水滴清响
云梦地，三个异乡客
蚊子、蜈蚣、慕白
各自相安，大家一夜无眠

荆州古意

古往山川在
今夜一江人

我，一个过时的人
四处寻找，水城、砖城、土城
没有一个可以联手之人

我不是刘玄德

来了荆州，借宿荆州，得不到荆州

酒醒还是他乡客，我只是路过一次江陵

明日千里回温州

荆州古城墙修修补补

荆江西望武昌，东连巫峡

曹孟德，周公瑾，刘关张

这些风云人物，还活在戏台上

群雄早已灰飞烟灭，历史的天空下

江山永固是人民

古老当时兴

瓮城内有人在吹萨克斯

《空城计》难唱，一位汉服少女

摇着羽扇，款款步出城门

颇有姿色三分，但不像小乔

一位老者垂钓江边

护城河两岸，蒹葭随风飘荡

端午将近，龙舟竞渡

江上百舸争流

长江大堤车水马龙

万寿园宝塔陷地三层

裸出部分才受人瞻仰

这是长江第一矶

岸边镌刻人链二字

我问当地土著吴利华

说有三位大学生

手牵手，救起一个溺水的儿童

不识水性，不知江湖之深浅

天地过客，借住人间

小人物活着都得拼尽全力

三英舍命救人，敢以命抵命

是美德、大德，自古好人难做

江水冲走三个年轻的生命

天地不留英雄，这算不算一种

荆州的大意

同学程琳

程琳写诗

笔名非渔

结庐武汉青山

临水居荆楚
非渔非樵非商

载酒赤壁荆州
故人情洪湖水

绿荷红菡萏
天真疏放自然
他写诗大地上

江汉遇知音
从此，长江有了酒味

楚王车马阵

只有草菅人命之人
死了还会霸占阴间
想出一个恶毒的陪葬
在地底建起皇宫

未来具有不确定性
我们走路要小心
很多书写者虚言假意

就如今天的机器人

一个半小时，穿越两千年时空
故事简单明了，这么说吧
那个躺在棺木里的人
视生民如草芥，穷兵黩武
自以为永垂不朽，他想一直拥有一切
把天子六乘私藏地下

让高洁的灵魂
也要陪葬于君王
墓穴排在一条狗之后

礼崩乐坏，上帝亲自铸造的模具
也会生出魔鬼，何况人心呢

在博物馆看见"节约"

去博物馆，拐无数个弯
等了三个红灯，后面一路通畅

古人只靠双脚
爬一千座山，过一万条河

走一万里路

君子如玉
汉语温暖

玉器馆，看见节约二字
古意是控制内心的欲望

回家的路上，导航告诉我
有两条道可选

凭吊熊家冢

楚国虽远，我们只开一个小时车
就到了，楚王车马阵
地下王国，车马坑
被誉为中国仅有、天下第一

在路上，谈起若是楚灭秦
今天会怎样的话题
历史不能假设，也不容假设
楚王不是秦王，此地又名熊家冢
而非兵马俑，但有一点毋庸置疑

他们都已死了

熊家冢在荆州西北角
楚王陵往东五十里
是荆江，滚滚长江

致爱人

智者说
出卖灵魂比色相更容易
如今我耳聩、眼花、腿软
两鬓斑白，身材臃肿，囊中羞涩
还常常六神无主、魂不守己

今夕何夕，一个孤独的人
我只有一生，在人间，除了爱
魔鬼啊，你我虽近
可我拿什么跟你交易

入秦记（组诗）

西安，我来了

走遍大街小巷，也走不出自己

满目都是汉服，花枝招展的古城
春季已经过去，我生不逢时
爱情，徘徊在远方
写不了五言七律
错过花期，今夜八百里加急
梦已回不了盛唐

游人如织，这寂寞的人间
失去了古籍，我再活五千年又如何

咸阳机场，飞机似一叶扁舟
载不动绵绵此恨
江山似浮云，遥寄故人

你在哪里呢

西安，我来了，短暂的一天
长安城外数十里
渭水穿南，峻山亘北
今夜，秦川隐没
我独醉，一个过客，守夜人
我在我之外

空荡荡，一万吨的黄昏

路过骊山

在心里种菊，水是慈悲
真、善、美、爱
关乎前生，关乎来世
身体会说话
日月同流，不盈、不虚
所有的爱，前人都爱过了

水是无我的，需求很少
不会想着在华清池
洗去此生尘埃

西安去延安路上

一大早打车到北站
想去延安，发现走错了
是西安站的票
急急忙忙赶上地铁
过完安检，还剩十分钟
这时广播响起
通知说火车晚点
终于登上列车
发现这火车是倒着开
人世荒唐，就如我的大半生
总在南辕北辙

槐花谣

筑梦陕北，须臾即永恒

今夜槐花满山
民谣里的梦，少一人
黄土高坡千沟万壑

秀延河流水，更为辽阔的人间

昨天延长，今日子长，明朝靖边

塔尖上浮云一片
钟山寺石窟，菩提新芽
安定古寨，大地和小草
石佛千尊与王某人，各安天命

走得远了，丁香花开千里之外
一生那么短暂，恍如隔世

再寄黄土高坡

昨夜你说，槐花开了
真香啊，和某年某月某日
多么地相似

今天汽车一路向北
忍了五十年的泪水
还是没有忍住

时速一百二十公里还嫌慢
黄土坡上，我还没有爱够
梦在今夜的街头迷路

月亮，不休不眠，也回不到昨天

千里买一醉，不知此身在南还是北
哭就哭吧，孤独的人
醒着的日子一样无趣

春寒料峭的北国
把他乡当故乡，别难为情了
放弃懦弱，哭就哭吧
我不想装模作样地过一生

在神木

黄河横南，长城飞西
星空下，偌大的陕北黄土坡上
今夜，以爱为名
三秦大地为证，关内关外
我只想你一个人

仿信天游

佛陀看不见后背背
人人庸常地生活活

眼泪掉进酒杯杯
爱简简单单的你

飞再高我根在大地
走再远也想怀抱你

年届半百方明白
你是我最爱的人

如果你梦见兰花花
那是我唱的信天游

五载一千八百天
不知重逢是何年

想你容易见面面难
我走不出我的阴影

路过建华寺收费站

傍晚，一辆养蜂车过收费站
蜜蜂在空中飞舞、盘旋
收费站的人怕被蜜蜂蜇

不敢打开窗户

越来越多的蜜蜂

从箱子里飞出、飞进

最后养蜂人下车

缴完费，蜂车开远了

我看见还有许多蜜蜂

滞留在收费站

茫然乱飞，像找不到亲人的

一群背井离乡的民工

不知欠着谁的费

被卡在时代的回光返照里

永远回不了家

玻璃栈道

我天生胆小

不敢攀高

在靖边波浪谷

丹霞奇观红砂峁

必经一座玻璃栈道

沟壑深千丈

我战战兢兢站在桥上

透明的栈道
伴随玻璃碎裂的声音
明知不会掉下去
我的双腿还是发软

友人左右架着我
捂着眼，小心翼翼往前
凌空漫步走过去
偷偷回望，依然眩晕

我胆小，天生恐高
只能脚踏实地
活在低处

写诗就是说人话

相比于美，我更喜于真。

写得不像诗的往往都是真心话。

山有高低，水有深浅。写诗不需要掩饰自己的浅薄。

写诗就是说人话，写诗如同做人。

写好诗是在修炼，这个过程漫长，需要人一生的努力。

做人以真为本，作文以美为优，不能兼得，追美存真。

诗歌最终写的就是人的内心，诗艺有高下之分，人格不能太次，哪怕谎言再美丽，终归不是真的。

人做事，天在看。谎言可以骗人，但骗不了自己的良心和天上的神明。

有的人文如其人，有的人不如其文。

小人也可以写出美的文字，但小人永远不敢说出真心话。

张耒说："文章之于人，有满心而发，肆口而成，不待思虑而工，不待雕琢而丽者，皆天理之自然，性情之至道也。"

张耒的话虽至理，但我写诗时总是顾虑多多，真话，我也不敢全说。

人都是会死的，但有人至死无悔，也有人死不悔改！

诗能怡情，也会误人。酒是好东西，千杯不能少！

诗无法言传，也不能身教。爱是唯一的途径，爱可让人直接抵达天堂。

"诗无达诂，文无达诠。"世上的路很多，但正道只有一条。想象可以天马行空，纸上风花雪月；做人就得脚踏实地、老老实实！

重要的事情说三遍：爱、爱、爱，真、真、真，善、善、善，之后才是美！

没有缺陷的，基本上不是艺术品！

《诗经》《楚辞》、唐诗、宋词、元曲，屈原、陶渊明、李白、杜甫、王维、苏东坡、李清照，各以所长，各有所得。

仁者见仁，智者见智。红、白、黑、绿，姚黄魏紫。诗歌永远没有统一标准。

统一标准的是文字，不是文学！

做人、写诗都要学会独立。活着，一是不过于玄乎，二是不过于戏作。

少年不知天高地厚，尚可悔其少作。人到中年，五十知天命，不可再让自己以后的文字蒙羞。

任何技巧，任何老师都不能代替爱。

写诗如果可以稻粱谋，我愿意，哪怕我弯腰半天，只换一斗米。

如果有脊梁，诗歌只是一个人内心真实的谎言。

写诗没有目的，生活更没有目的。请原谅我是一个庸常、低俗的人。

有些人从未见面，但他的诗，只读一句就让你刻骨铭心，终身无法忘记。有些人长篇大论，但形同陌路，一辈子不知所云。

生活不仅有诗和远方，还有眼前的苟且和厨房。

万丈高楼会塌，不散的筵席终须散。诗歌仅仅是雕虫小技，活着才是大事情。本末不可倒置。

写作者，只有写才是硬道理，别太在意理论家怎样说。

中文系的很多教授也一辈子没有写出一首诗。

洋腔时髦，但没有老外标准。我是中国人，只会写中国的诗。

活不到过去，走不完的路，读书可以是一条捷径。

读古今中外书，让别人替我活。

道路四通八达，走路，多走路。我走自己的路，别人走别人的路。

一颗红心，两种准备。天生我材必有用，天生我材未必有用。

诗是思之言，从言，从寺。不跟风，独立发言。

有话直说，俗就俗，又何妨。不作不死。

诱而误之者，名也。诗人大都清苦，名和利，不轻视，不强求。

自费印刷的诗集没有必要到处送人，送也不会有几个人真读。

有人真心喜欢你的诗歌，要懂得感恩。

山上有雪，雪中有花，花中看美人。凡色皆宜近看，唯诗只可远观。

"知其白，守其黑，为天下式。"慕白，慕不白，白慕。

文成山川秀丽，文成真美；文成民风淳厚，文成真好！

我的灵魂在文成，写诗不能忘本。我的根永远在包山底，我的源永远是飞云江。

兄弟是兄弟，朋友归朋友，酒肉是酒肉，诗歌还是诗歌。

不方便说真话时，我的文字站在弱者一边，站在正义、理性、人民这一边。

物以类聚，人以群分。不加入任何诗歌圈子，天涯任我行。

我有私心，好诗人都在往来文成的路上，这不仅仅是口号，我希望变成现实。

我也有欲望，为山水立传。

我出身农民，祖祖辈辈都是农民。诗歌里应该有饥饿，有乡愁，有人间疾苦。写诗也不敢忘记自己这一身份。

不懈追求。诗歌包容万象，同时容得下鱼和龙。

诗歌都是说不清、道不明的。你去写就是了。

大千世界，思无邪，除非是圣人。我思一直很邪，但我心不邪。

诗人的长相，我认真思考过这个问题。我的结论是，很像诗人的人，肯定不是好诗人。

我的头发一直很短，但我至今连诗是什么都没有搞明白……

我年近半百才终于明白：诗人就是人！

你能读完这些文字，就是我的恩人。谢谢阅读我文章的眼睛。感谢阳光出版社，感谢所有编校老师，感恩你们的关爱与辛勤付出！

2024 年 3 月 26 日于文成